王安憶作品集⑤

冷土

王安憶・著

【目次】

【導讀】

看！這個人

施淑

有關王安憶，不論是從她的作品本身，或從對她作品的評論和研究，都指向這樣的事實：她的小說是文革後大陸文學的重要收穫，是當代中國文學的突出地標。不同的關注和衡量角度，各取所需地給予她的創作不同的評價。比如，作爲生長於上海的作家，評論者曾因她的長篇鉅構《長恨歌》，稱之爲海派傳人。而作爲女性作家，早在八〇年代中期，她的三個中篇連作：〈荒山之戀〉、〈小城之戀〉、〈錦繡谷之戀〉，即被推許爲突破文革文學愛情禁區的拓荒之作。

二十多年來，在改革開放後的文學浪潮裡，王安憶雖未必是弄潮兒，但除了先鋒實驗，思想的潮汐，差不多都曾在她的作品裡留下蹤跡，如〈小鮑莊〉之於文化尋根，〈崗上的世紀〉之於情慾書寫，及至編纂文革歷史的〈叔叔的故事〉，建構母系家史的〈紀實與虛構〉等新歷史主義小說。

在綿延二十多年的寫作裡，因爲性別的緣故，女性議題、女性的故事，不可避免地要在王安憶的小說世界占據前景的位置。這些似乎天生自然，而且幾乎脫離不了愛情的故事，固不乏女性主義指認的女性獨特的自我意識、自我知覺，也足可構成作者本人的精神自傳，但即便是這樣的精神傳記，王安憶的視角，她的看世界的方法，仍帶有性別規定之外的東西。收在本集的〈冷土〉、〈蜀道難〉是它的表演實例，〈烏托邦詩篇〉則可能是解釋這一問題的鎖鑰。

篇題叫「烏托邦」，而且以「詩篇」形式出之，足見作者寫作時的虔敬鄭重。相似的寫作，在當代大陸好像只有張承志那部頌讚穆斯林的清潔精神及其受難史的《神示的詩篇》。在張承志，那是他自覺生命的道路受阻，內心發生劇烈衝突的產物。在王安憶，這篇寫作於一九九一年底的作品，據她在文中自訴，是完成於海灣戰爭，也就是美國第一次攻打伊拉克結束之時，而就在那之前兩年，中國發生天安門事件。

正如烏托邦思想之爲現世苦難的折射，也正如呼喚昨天的懷舊或懷念之帶有形上的、道德的訴求，這個試圖以懷念來召喚過去，重現過去經驗的詩篇，因此根本上含藏著救贖的願望。從這篇介乎現實與虛構，從這出現於災厄連連的年代而又由王安憶現身說法的作品，我們看到的是她個人的思想危機和寫作困境的告白，也是有關文學創作的論述。告白中，懷念的起點始自參加美國愛荷華國際作家寫作計劃，懷念的對象「這個人」，是個有著奇異的愛心的作家，他生活於島嶼，卻能胸懷世界，瞻望人類未來。之所以選擇這個人作解救的力量，努力爲認識這個人而作準備，起先是在那段「洪水中的方舟」一樣的異國歲月，在那些來自全世界，可竟而越來越呈現著「相濡以沫，苟且偷歡」的作家聚會，在美國足球賽山呼海嘯的狂歡人群裡，敘述者發現「我們這兩個中國人在這歡樂的海洋中是多麼的寂寞」。

當懷念的憑藉只不過是有限的幾個記憶，特別是當意識到這無著無落，沒有回應的懷念已然變成「一個安慰，一個理想」的時候，通篇文字於是轉換成一則心靈的朝聖之旅，或一幅青年藝術家的畫像。

畫像中，以粗大的線條出現的是這樣的幾個記憶斷片：有關宗教信仰與愛，有關個人經驗和書寫中國，以及引起劇烈爭執的該如何對待中國社會主義革命的英雄故事和根據地的生活，還有分別時，「這個人」以揮舞雙臂的背影來告別的姿勢。對於這沒有言語的告別，篇中如是陳述：「我們是用儀式之外的儀式，叮嚀之外的叮嚀來作告別，這才是眞正的告別。」就是在這樣的告別之下，在從來不曾想過是否重逢的心境裡，對「這個人」的懷念，於是成爲抽象的、「純粹的精神活動」，而且「漸漸地開始了它的旅程」，漸漸自記憶中獨立成爲清理敘述者或王安憶思想和現實困頓的心路歷程。而這篇盡心「衛護這個人的懷念」，「用懷念虛構這個人的詩篇」舉措，也就在不斷由之衍生出來的，敘述中一再稱之爲「古典的浪漫」的生命議題和歷史變革的護衛下，蛻化成一系列有關文學創作的思考和論述，一個災厄的年代裡，負載著人類的美好祝願的烏托邦。

根據王安憶的經歷，「69屆初中畢業生」的她，是文革時最後一波下鄉插隊的知青，一九八三年到愛荷華參加國際作家寫作計劃，雖使她初步爲自己的生存和認識建設一個國際背景，卻也因此而苦悶、停筆。八年後，當歷史走過了中國天安門事件，美國攻打伊拉克的海灣戰爭，以及更多已知未知的人間和大自然的災難，曾經下鄉、曾經彷徨的王安憶，會在她的許多作品，一再回首被她命名爲「憂傷的年代」的時代憂鬱之餘，以對「這個人」的懷念，一筆一筆營造著她的烏托邦詩篇。沒有人能回答存在於詩篇中的那已然是一個理想，已然是一個大寫的人的救贖之是否虛妄。只不過二十多年來，王安憶會在她的許多作品裡重返文革軼事，甚至在她的逐漸逼近都會風華、城市的廢墟意象的作品，凜然重現文革的背影，未必不是來自這烏托邦的牽引。面對這由她的生命，由她所謂的古典的浪漫支撐起來的烏托邦，止不住要記起曾經流傳在知青文學中，我至今仍不知它是否就這樣終章，就這樣結束的一首蘇聯時代的歌謠：

莫斯科，落滿了厚厚的白雪，
紅場上，颳起了刺骨的寒風。
風啊雪啊，黯淡了克里姆林宮的紅星。
小卡嘉小卡嘉小卡嘉——
你在風雪裡走路，路這樣黑，天這樣冷……

冷土

棉花地裡，秫秫地裡，已抽穗灌漿的麥地裡，西井沿上，有人直腰喘氣時，看見壩子上有三個城裡人在趕路。後面那個穿著花紅柳綠的女人，踩高蹺似地邁著兩隻高跟鞋，一邊走，一邊回頭。慢慢兒地遠了，沒了。

一

南湖里的黃豆正陸續上場，媳婦、姊姊們頭頂花花綠綠的毛巾，七八個人一溜，或是八九個人一溜，歪過肩膀，斜下身子，拉著一盤盤石磙子，走著無窮無盡的一個圓形。小毛驢拉著盤磙子，驕傲地領著隊。趕毛驢的小拽子，打著響鞭，拉起脆亮渾厚的嗓門喊號子，其悠揚嘹亮，在方圓十幾里內頗有一些名聲。在這日頭暖烘烘叫人發睏的時候，能使人振奮精神。可惜，一條嗓子究竟太孤單了一些，何況，那枯豆枝在腳下的「沙啦沙啦」，石磙子的「吱嘎吱嘎」，都齊心協力地催人入睡，與拽子的嗓門抗爭著。

上西頭甜水井挑水的大業子興致勃勃地跑來了，顯得水桶裡的水歡騰起來。跑到場屋跟前蔭涼地裡，擱下水桶，水花的舞蹈達到高潮，而後漸漸地低落，平靜，只剩兩個大半桶了。

「喝水嘍！」大業子揚著正變聲的沙嗓門嚷。

有二三個人解下肩上的繩，交予鄰人代拿，走出拉石磙的行列，高高地抬著腿，從黃豆棵上走來了。

「老隊長家劉俠子回來了！」大業子又接著嚷，雖說聲音仍那麼力不從心的沙啞，卻有更多的人聽見了。

「又放暑假了？」大夥兒還都記得，老隊長這個上了省城大學堂的老閨女，每年只回來一次，說是過暑假，而今年確還沒回來過。石磙子漸慢了。

「不是暑假，畢業了！」大業子吵仗似地嚷嚷，「燙了個樣式頭，臉捂得雪白。我都沒認出來。」

「是穿那件天藍的尼龍褂子嗎？」大夥兒對那件褂子記憶猶深。石磙子無可奈何地停止了。

「不，是穿大紅的線衣，真鮮亮，真洋氣。我都沒看出來。」大業子聲嘶力竭了。

「穿皮鞋了嗎？」

大業子猶豫了一下：「我沒……當然，當然是皮鞋，鋥亮！」

「穿啥褲子啦？」

「錶有嗎？手錶！」

「襪子……」

大夥兒抖擻起來，七嘴八舌地問，大業子汗流滿面地招架。一時上，熱鬧極了。卻聽得一聲嘣脆的鞭響，一聲悠長的號子隨後而起。這聲號子極高亢，高亢得甚至使人感到一種悲涼，忽然在一個極高的音上嘎然而止，便再沒聲響了。人們並不難忘，興奮地議論著，口舌的喊喳聲，和黃豆棵的「沙啦沙啦」、碌子的「吱嘎吱嘎」，攪成了一團。在這片聲響之上，不時響起一聲聲急躁的鞭響，小毛驢聽不見號子，沒了準星，開始調皮、怠工。

放工了，吃現成飯的小姊妹們，頭一批來到了西頭老隊長那三間青磚到頂的瓦屋裡。劉俠子正彎腰在小案板上擀麵條呢。她穿著一件鵝黃色的尼龍襯衫，繡花領口上是一個綴滿了小捲捲的腦袋，捲了兩道的袖口裡伸出一雙骨骼寬大的手，熟練地推著麵杖。她身後的木板床上，搭著一件鮮紅得晃眼的線衣。大業子沒說謊。

「劉以萍！」姊妹們喊著劉俠子的大名。她們的大名只有在這段時間，也只在自己這夥姊妹中才能得以稱呼幾回。父母，哥嫂，從不肯費事去記她們的大名而改一改口。等到了婆家，「某某家裡的」，「××媽」，便又取而代之了。她們只能趁著現在過過癮：「劉以萍！」

「喲，你們好！」劉以萍直起腰笑盈盈地說。她的臉色是黃的，與那些日頭下曬脫了皮的姊妹們站在一塊，顏色要淺了許多，確是顯出了白。這一點，大業子也沒說謊。她向姑娘們伸過手去：「你們好！」

小姊妹們興地笑了，年紀很小的鳳丫頭尖叫了一聲：「牙根酸倒嘍！」

這時，第二批客人來到了，均是敞著懷奶孩子的小媳婦：

「劉俠子，這回來了還走嗎？」

「走，後天就要報到呢！」劉俠子說，「分在專區《曉星報》社當記者。」

「記者是什麼？」

「記者，就是，怎麼說呢？就是採訪，寫報導，寫報告文學。」劉以萍似乎有意不讓人們懂，不願用通俗的語言解釋。人們迷茫得很，好在她們並不想知道世上的一切，迷茫的就讓它迷茫吧。眼前有很多切實可見的東西，都使她們發生興趣：

「你這頭是怎麼捲的，用火燎嗎？」

「哪能！是化燙。」她仍不肯通俗，於是切實的也變得迷茫起來。

小鳳子抱著大枝子的頸脖，笑咪咪地看著劉以萍：「你咋學這麼酸？」

劉以萍寬容地不理會她，只是笑笑。

「你那頭像老鴉窩似的，沒梳辮子好看。」小鳳子卻一點不肯包涵。

「你有嗎？」一個媳婦兒插嘴了，「你沒得『化』！劉俠子，這『化』一下得多少錢？」

劉俠子伸出一個巴掌。

「五毛？」

「你想的！五塊。」劉俠子笑道。

頓時，屋子裡充滿了一片「嘖嘖」聲。

隨著第三批──捧著飯碗的男女老少的到來，各家門口也響起了喊吃飯的叫聲：

「鳳啊！來家吃飯了！」

「大枝子！吃飯。」

「俺姊，克飯了。」

於是，第一、二批一轟而散，讓位於第三批了。

「劉以琴！」小鳳叫著大枝子的大名，「你說劉以萍那頭好不好看？」

「好看，不好看，咱們都沒得。」大枝子回答。

「我不問有沒有，只問好看，還是不好看。」小鳳很固執，很負責，一定要追究到底。

「不管怎麼，這是福分，是劉俠子的福分。」

「什麼福分？二五的分。」小鳳不服氣。

「誰讓你不二五？誰讓你不演小兩口子？誰讓你背不熟批判詞？誰讓你不是老隊長的閨女？」大枝子發出一梭子責問。

小鳳子撇了撇嘴，不吱聲了。這是確實的。

那年，興搞毛澤東思想宣傳隊，上海知青小顧編了個小兩口子爭獻自留地的小戲。本來是讓小鳳演那小媳婦，她聲音好聽，唱起泗州戲來字正腔圓，身子扭得也活泛。可小鳳臉嫩，死活不肯演，動員了幾個大閨女也都不願演。最後，讓劉俠子演了去，她撒得開，「孩子他爹，孩子他爹」叫得嘣脆，縣裡匯演得了個頭等獎。後來，又參加批判隊。她念過五年小學，批判詞兒背得挺溜，在公社幹了大半年。她還有這麼一個人叫老隊長的爹。為什麼叫他老隊長？是因為他的兒子是生產大隊長。但又並不僅僅為了這，似乎還包含著別的因素。他輩分高，好多比他年長的都叫他爺，說話有幾分權威；他種地很有幾套，熟地性，會辨風看雨，很有些神機妙算。他雖只是大隊長的爹，實際上卻是隊長的靈魂，那隊長不過是個傀儡。開隊委會，總是在他家，他總在場，他的意見總是決定性的。幹部們上公社、上縣裡開會，回來也要向他彙報，他是諸葛亮。大家都尊敬他，服從他。他要在誰家吃飯，誰家便感到極大的光榮；他向哪位知青借錢，明知有借無還還把錢和奉承話一起往外捧。那年，公社下來幾個上大學的名額，大劉莊推薦了劉以萍。儘管上海知青小顧往大學招生的老師那裡跑斷了腿，當場作下一篇作文，算了幾十道什麼方程式，但沒人推薦也是白搭。結果，當然是讓劉俠子去了。小顧病了一場。一個夜晚，有人看見她披頭散髮地往南大溝那邊走去，走到跟前又折了回來，折回來後又走了過去，就這麼走來走去地走了一夜，第二天便回了上海。人都說：小顧長了一副薄命相，而劉俠子，則是福相。瞧她天庭飽滿，地角方圓，大眼，寬鼻，從小就顯出與眾不同。是上一世修的，前世註定。

因此，這份福氣，是誰也翻不了案的。

小鳳和大枝子默默地走了一段，看見暮色中，走來一個人，那高高大大的身個，一看便知是小拽子。他挑著一對水桶，從東往西頭走去，小鳳叫道：「拽子哥，看你起放工就挑水，挑到這會子，要把西井水掏乾哪！」

「貧嘴。」拽子陰沉著臉走過去。

他家住在盡東頭，那兒也有一口井，卻不如西井水甜，燒稀飯肯化米。住東頭的人家，都備有大小兩口水缸，大的盛東井水，供洗涮粗用，小的盛西井水，專留著煮飯燒開水。今兒拽子這麼慪氣似地挑了一傍黑，即使有四口缸，也都滿了。

小鳳朝著他的背影齉了齉鼻子，大枝子低聲說：「他心裡不好過。」

「咦唏！有啥可惜的。她那麼二五，害得拽子哥跟著挨人戳脊樑骨。」大枝子拉了她一把：「你小聲點不成？」

可是，連同大枝子竭力壓低了的聲音，也都一併傳入了小拽子的耳朵。他繫好井繩，把桶扣入井中，水井嘩嘩響了兩下，桶翻身沉下，盛起滿滿一桶水。他換著胳膊，嗖嗖地提上來，穩穩地放在地上。他機器人似地幹著這一切，心裡不知是個啥滋味。這麼一趟一趟從東往西跑，似乎就是爲了從劉俠子門前過一過，然而，走到離門還有二十米的時候，他卻又埋下頭，趕緊地跑過去。他怕看到她，也怕被她看到。眞不知如何是好了！

他是個心實的人，不論是恨，還是愛，一旦啃住了他的心，那印子就再磨不去了，就永遠永遠留在那裡了。

他是個嬌寶，媽媽生了三個兒子，走了三個，待到四十歲上生下了他，爹就起了個惡狠狠的名字：「拽」，立志拽住他，絕不放行，要走，一塊兒走。給他留了一尺長的小辮，脖子上拴了長命鎖。不管是迷信是科學，他還眞給拽住了，拽成個五尺長的大棒小夥子。他爹一高興，撒開手，自己頭裡走了。他五歲那年，劉俠子四歲半，她家看他家：人敦厚，家道殷實，小子也有個模樣；他家看她家：在此地根子深，閨女長得也周正，再說，承人家看得起——媒人來回跑了兩遭，就定親了。

當時還沒什麼，到了十幾歲上，懂人事了，小拽子看了劉俠子便有些害臊，要避著點。劉俠子呢？不知是不懂還是不怕，老纏著拽子，掉了毛巾，要拽子給拾；鋤黃豆，非要和拽子挨著趟兒。搞得拽子心急火燎，可是心底呢？不知不覺有點甜絲絲的。劉俠子是個沒心沒肺的傻大姊，愛和小夥子玩，常常扭成一團，滾個滿地。人家好取笑她，她不生氣，生氣也不過三分鐘的事。她總呵呵地樂，拽子卻臊得抬不起頭，似乎他對她是負了一些責任的。那種時候，真恨不得斷了這門親才好。可是，有一些事卻是他怎麼也忘不了的。

小時候，有一次他們一塊兒去南湖割豬草，在大溝裡涮腳的時候，她的腳趾頭劃破了，流了不少血，也淌了不少淚。他只好背著她回家，她乖乖地趴在他背上，勾住他脖子，把臉偎著他的耳朵，甜甜地說：「哥，你眞好！我給你做媳婦兒。」

「憨妮子，」他說，「你會啥？」

「我不會，我學，學燒鍋，學納底，學著生大胖兒子。」

他說不出話了，只覺得她柔軟的嘴唇裡噴出熱烘烘的氣息，吹得耳朵癢癢的。

他忘不了，十七歲那年收麥子。這裡割麥子全是男勞力用大刀放，女勞力在場上忙。這年人手少，補上了劉俠子去放大刀。她身高力大，能幹這個活。南湖離莊子遠，為了不誤工，全是送飯吃。他坐著正吃棗饃，忽然她從身後撲過來，瘋瘋癲癲地奪過棗饃，張大嘴咬了一口又扔回給他。他拾起饃，對著那月牙形缺口上兩排整齊的牙印，愣了好一會兒神，莫名其妙地笑了一下。這個饃，他放在最後才吃，吃在嘴裡，別有一番滋味兒，使得他心裡不安而又自在了好長日子。

他還忘不了，她和鮑家那小子合演兩口子的那天，他們在西井沿上碰頭了。他繃著臉，不由得行使起丈夫的權利了：

「不和他演兩口子，聽見嗎？」

「那是假的哩。」她說，「眞的，是咱倆。」

他又說不出話了，心裡撲通撲通的。

有了這些，便足以抵消她的一切不是以及因爲她而遭到的恥笑了。看到別人拿她開心取笑，他從心底裡疼惜她而又氣她，她卻渾然不覺。劉俠子是有名的憨妮子，大家夥愛和她說笑打鬧，可難免總有那麼一點瞧不起她。只有他一個人，敬重她。他和她說話，從不涎著臉皮，不抬眼也不笑，從不去碰她一指頭。以致使她覺得他毫沒風趣，倒不如小時候那麼同他親，愛和他玩兒了。而且，慢慢的，隨著初步被人們重視，她瞧不起他起來……

她坐在屋子當央，不厭其煩地回答著各方面提來的問題。

「城裡的大樓有符離集的山高嗎?得爬幾百級台階吧。」

「乘電梯哩。按一按電門，電梯就開了。你對開電梯的說上幾樓，就上幾樓，用不著抬腿。」

「城裡能見到洋人嗎?」

「外國人?能見到。有一回，我們上百貨大樓，就看到兩個，一男一女。那女的真俊，白皮膚，藍眼睛，穿一條大花的裙子，領口開到這裡。」她在自己高高的胸脯上比畫了一下。幾個小夥子擠眉弄眼的，小姊妹抿著嘴偷笑。「那男的還對我們笑了笑，可惜他們的話一句不懂。」

小鳳趴到她耳朵邊說：「劉以萍，你也戴那玩意兒?褂子太薄，透亮。那玩意兒的針眼兒都能看見了。」幾個小姊妹推來推去，終於忍不住笑出聲了。

劉以萍滿不在乎地挺了挺胸：「習慣了。要不戴，就覺著前面空空的難受。」正說著，她感到腰裡被人捅了一下，大業子擠在她跟前，朝她點點頭又擠擠眼，鑽出去了。劉俠子愣了愣藉口上茅房，跟著站起身披上毛衣也出去了。大業子正等在門口大槐樹下，見她出來，便扯著沙啞嗓子急急拉拉地說：「拽子哥在井沿上等你呢!」

「等我幹啥?」她皺皺眉頭，感到很掃興。

「有要緊話對你說，眞的，頂要緊的話。」

「我沒工夫去聽，後天一早我就要去報到了。」她說完便轉身向屋裡走。屋裡傳出一陣陣驚嘆聲：

「好看，這好看！」

「還有更好看的呢！這是滌綸，幾十塊一尺，怎麼搓也搓不皺，穿一輩子都不能爛。」

「這是啥？裙子？」

「可不，露著兩大腿，才涼快呢。」

「這格格布是留著做啥的？」

她知道這一定是媽媽在向大家展覽她的小帆布箱，重又高興起來，快步走進屋裡，接上話茬：「這是床單，鋪床用的。」

「哦，對了。上海小顧也有這個，是花的，比格格好看。」小鳳說。

這個上海知青來此地插隊，似乎是這個偏僻的莊子歷史上的一次重要的文明輸入。床單、枕套、毛毯，亮亮晶的有機玻璃釦子，把媳婦姊妹們的眼都眩花了。有一年她從上海回來，送給每個要好的小姊妹一條月牙邊的印花手絹，於是，這成了她們出嫁時一樁極重要而別緻的墊箱。前幾年，這姑娘招工走了，但給這小莊子卻留下了一些雖不深卻抹不掉的影響。比如，小姊妹們都有了一柄牙刷，每天出早工回來，便舀一碗水蹲在門前，「嚓啦嚓啦」地刷牙齒。大家從此知道了，世界上並不僅此一個大劉莊，一條淮河，在那一千多里以外，有一個吃水不用挑的花花世界。當然，這是極遙遠的，只存在他們的想像中。而如今，劉俠子的歸來，卻將那個花花世界拉近了。劉俠子是大劉莊自己的丫頭，瞅著她滿地爬著長大的。雖說省城比不上大城市，可省城畢竟也是大城市，吃水同樣不用挑，同樣有大樓，上樓不用抬腿。眼看著那孩子一腦袋高粱花子去，卻洋洋乎乎地回來，換了個人似的。那穿扮，那架式，和大上海的小顧差不到哪兒去。還沒見小顧穿過什麼純滌綸呢？

而且，劉俠子也不像小顧那麼小家子氣，一箱子好衣服不穿，穿得叫花子似的。總是背著人開箱子，像是怕被人瞧得去什麼似的，鬼鬼祟祟，躲躲藏藏。劉俠子可不，她儘讓著大夥兒把那小小的帆布箱的底都快掏穿了。

瞧著大夥兒羨慕的眼光，驚訝地感嘆，她心裡甜滋滋的，很得意。並且從心底裡很爲大夥兒難過，尤其爲小鳳她們這班小姊妹。都是喝一眼井的水長大的，就會有這麼不同，有的注定要這麼窩窩囊囊地窮下去，而有人，比如她，卻能有這麼大的福分。她被自己的幸福陶醉了，感動了，甚至慈悲地感到很對不起姊妹們。

在省城過了四年，咋知道她被分到地區，她很有些沮喪。可是，當她回到這裡，看見鋪著光蓆的硬板床，穿著灰土土一身黑的鄉親們，她的沮喪一掃而空，重新又滿足起來，心裡被幸福充塞得很滿。報到的期限還有半個月，可她卻迫不及待地準備後天就走。她急著去那裡。她有些過不慣。她學會了打開自來水，嘩嘩嘩嘩地用水；學會了隔天換洗內衣；學會了只吃一小碗米飯或者二兩饃饃；她學會了很多，需要有個環境能使這些都鞏固保持下去。

一瓶雪花膏，在屋裡傳著嗅過一轉，展覽結束，三星已經偏西。大夥兒三三兩兩地回家走了。老隊長和老伴送至門口留步，劉俠子直送到大槐樹下。待她回轉身往家走時，樹影地裡走出一個人：

「等等。」

「我要休息了。」她看清是拽子，拉長聲調說，還繼續往家走。

拽子急了，上前一步拉住她的胳膊：「我有話對你說。」

劉俠子掙了一下，沒掙脫，心裡忽然一動：勁兒眞大。她想起以前拽子從來沒碰過她一指頭。她停住了腳步，用極不耐煩的聲調說：「有話就快講，我累了，要休息了。」

拽子反倒說不出話了，停了一會，才直直地說出：「咱們的事就這麼算了？」

「你家給的東西，我娘原封不動還給你了，你還要什麼？」

「我什麼也不要。我說，你再想想，咱們從小兒一塊長大……」

「那是友誼，不是愛情。」劉俠子果斷地說。

拽子的臉有些發臊，一個姑娘家這麼大聲大氣地說愛情、愛情，他有些難以接受。同時也對友誼和愛情的區別感到很茫然。

「那是父母包辦的婚姻，我們青年人可不能這麼封建了。」劉俠子繼續說服他，「我們沒有共同語言，缺乏思想基礎。」

「我們從小兒一起長大。」拽子還是那句話，不怪人家要膩歪。

「所以我們只能做朋友。」劉俠子下了最後的結論，邁開腳步，正式走了。

拽子沒再去拉她，只是極困惑地站著，望著她的背影。月光很好，把一切照得如同白晝。她在鵝黃色的襯衫上繫了一條翠綠的紗巾，披了那條豔紅的毛線衣，花團錦簇的，閃進了門。

朋友?!他呆呆地琢磨著。記得那年她在公社批判隊，有一次，小鳳她大娘去趕集，見她和一個戴軍帽的小夥子走在一起。過後問她，那人是誰。她大大咧咧地說：「一個朋友。」逗得大夥兒樂吧，樂了好長一個時期，樂遍了好大一塊地方。調皮鬼見了她，老問：「你那朋友怎麼了？」「你那朋友如何了？」她聽了還笑，他可臊死了。可他並不怪她，他知道大劉莊的人少見多怪。而且，朋友——朋友就只是朋友。當然，朋友就只是朋友。她現在只願與他做朋友了。這「朋友」的含義，拽子是不甚明白的，他切切實實知道的是：她這個媳婦兒吹了，一去不回了。

其實，這在大家看來，再正常、再理所當然不過的了。甭說是個大學生，就是莊上那兩個高中生，都不願找鄉裡的媳婦。他倆一個心眼兒的要往城裡跑，近處的跑不進去，就往遠處跑，一跑跑到了新疆。據說那邊邊兒的地方，人口少，城市好進。雖然那兩位吃不慣牛羊肉，熬不住想家，也許，戶口也並不那麼好落，從農村到城市，似有一條逾越不了的壕溝。他倆又灰溜溜地跑了回來，終於還是在鄉裡落了腳。但是，從而也可見出人心所向。劉俠子當然是不應該嫁給拽子了，這道理又清楚又明白，可人卻就是這麼想不明白，想不透徹。原因可能在於人除了懂道理而外，還有很多不聽話的情感。而拽子這麼個不懂太多道理的人，感情又成了牛性，很難叫他回頭。

劉俠子回身插門時，在門縫裡偷偷地瞅了他一眼，見他武高武大的身子有些佝僂似的，她心軟了，甚至有點想哭。她可憐他，這憐憫是真心而強烈的，和她的幸福感是同等的。可憐歸可憐，她無論如何是不能嫁給他的。她覺得自己從沒喜歡過他，胳膊那麼粗，臉那麼黑，說出的話像秤砣，掉地上能砸一個坑。一點沒文化，那寫的信算啥呀，火柴梗搭起來似的幾個大字：「麥子收了，俺娘很想你。」或者「黃豆鋤了，俺娘很想你。」不行，不行，她趕緊得把信撕成小碎片，不能叫人看見一點點，人家會笑話的。她怕人家嘲笑，從她進校第一天起，她就感覺到人們對她輕視的眼光了。她鋪床的舊線毯，還是從爹的床上揭下來的。可在眾多的格格、花花的床單中間，卻顯得那麼寒磣。她自己都不好意思。同學們都紛紛抱怨宿舍小，連擱箱子的地方都沒有。她沒什麼可抱怨的，她沒有箱子，只有一個小布袋，裡面裝衣服，夜裡做枕頭。她爲不能參加大家的抱怨而羞愧。同學中的插隊知青談起農村的那幾年，好似在憶苦思甜，有的人犯了錯誤，最嚴重的處理便是，退回農村去改造思想。農村眞成了十八層地獄。臨到畢業分配，別人都起勁地活動著，努力把「從哪兒來回哪兒去」這項原則靈活應用。上海知青說：「我從上海來。」南京知青說：「我從南京來。」誰都要否定從農村來的事實。只有他們農村的同學，無可活動，無可爭取。他們完全徹底地是從農村來，怎麼也賴不掉，只能坐等著發回農村。跑累了的同學說：「眞羨慕你們。」她又覺著是被人吐了口唾沫。她處處感覺到自己的卑微、寒磣，她感到很不幸。好在，「從哪兒來回哪兒去」中的「哪兒」可作一個大區域來理解。她確是分回了家鄉，但卻是留在了地區所在地。本來嘛，培養一個大學生不容易，哪能隨隨便便送回農村，太蝕本了。她第一次感到了自己的身價，她要好好地安排自己了。今非昔比，她哪能再同拽子在一起？她的戶口要正正式式，永遠永遠地落在城市了。可是，不知道地區是個什麼樣的城市。

她躺在只鋪一條舊線毯的床上，翻來覆去睡不著了。她想著將要去的地方，不知那裡有些什麼，像不像省城，有多少電影院？夏天有冷氣？有多少百貨大樓？理髮店給不給燙頭！有公共汽車嗎？而將要去報到的《曉星報》，又是個什麼樣的單位，有些什麼樣的人，多少年老的，多少年輕的；年輕的裡面有多少女的，多少男的；男的裡面有多少結婚的，多少未婚的？想著想著，她又急起來，覺得無論如何等不到後天了。

第二天，太陽有一竿子高，石磙子又「吱嘎吱嘎」唱起來的時候，大業子去西井挑水，看見遠遠的壩子上，移動著花紅柳綠的一團，越來越遠，越來越遠，最後，消失了。

二

劉以萍提前十天來報到上班了。她確實來早了一點，因爲報社還沒來得及把她安排妥當。工農兵大學生，去年已來了三個，大家領略過滋味了。這會兒，正逢「四人幫」倒台，人們膽氣都很壯，竟公然地提出：不要！最後，負責文教衛生版的老趙看不下去了，一個二十多歲的大姑娘，被這麼踢來踢去。他心軟了，收下了她。第一次看到劉以萍，他一下子很難吃準她究竟是農村的，還是城裡的。穿著很漂亮，燙著頭髮，裝束絕對是城市姑娘。但她黑黃的臉色，寬大的骨骼，一身紅藍黃綠極不協調的色彩調配，以及嘴裡隱隱約約的蒜味兒，又透出一股濃重的土氣。他判斷不了。他問了她幾句話，覺得這姑娘還天眞、老實，心裡略放定了一些。他親自帶著她去採寫地區醫院的計畫生育小組，啓發了她一番，幫她列了提綱，讓她寫個七八百字的採訪報導。第二天早晨，姑娘眼球上布著血絲將兩張稿紙交給了他。他看了之後，頓時很慶幸沒讓組裡的小馬帶她。本來，小馬的牢騷就夠一船了，這會兒會把他淹死的。老趙自己悄悄地重寫了一遍，發稿了，心裡只覺得是嚥下一顆咬碎了的牙齒。

劉以萍的情緒卻很高漲。地區雖比不上省城繁華，但也是很像樣的一個地區級城市。百貨大樓，電報大樓，十四層樓的大飯店，都是挺新式的建築。大世界理髮店門口旋轉著三色燈，櫥窗裡掛了一溜新式髮型的大照片，有長波浪，有童話式。有個婦女服裝商店，櫥窗裡立著兩個有睫毛有頭髮的模特兒，一個穿連衣裙，一個穿西裝。穿連衣裙的那位，隱約見出裡面貼身掛了個胸罩，這使得地區與省城又接近了一步。有一個寬大的冷飲店，裡面的桌椅腿兒都鍍著閃亮的克羅米，鋪著雪白的檯布，幾對穿著時髦的青年在裡面吃冰淇淋，這也叫劉以萍感到安慰了一點。雖然她怕吃冷飲，嫌扎牙，但她認爲非有這麼個地方否則不能算作城市。市裡有一、二、三、四、十、十一路汽車，不等到二十分鐘絕不會來車，每輛車都蒙著厚厚的一層灰。然而，這終究是城市的重要標誌之一……在街上轉了一圈之後，劉以萍滿意了，安心了，決定不再委屈了。

《曉星報》社和地委在一個院兒，獨占了一個二層的小樓。宿舍很好，兩個人一間，十六平方，二樓，朝南，前邊有一條長長的陽台可晾曬衣物。每人一張鐵架床，一張藤椅，一張辦公桌，一架檯燈，兩人合一個書架，一個臉盆架。和劉以萍同屋的是一個上海知青，姓邵，直接從農村抽調上來，六七屆初中畢業生。她經常到八個縣跑採訪，一個星期有三四天不在宿舍。劉以萍爲自己有個上海人作同屋感到很高興，她心裡很崇敬上海人的。對城市最早的認識便是從細皮嫩肉的上海插隊知青小顧那裡得來的。後來去了省城，看到了不如上海，但卻更切實可近的城市，她逐步明白了什麼叫城市，什麼叫城市生活。她曾到一個省城同學家裡作過客，精緻的飯菜，漂亮的家具，打蠟的地板，清潔的浴室，一家人的文雅做派，全是她第一次經驗到的。她被迷住了，心裡忽然升上一個念頭，要努力爲自己創造這樣的生活，首先要改造自己。她想著上海，想著省城，想著一切城市，心裡會湧上一股憤懣：她爲什麼不是出生在那裡？是誰安排她落生在那偏僻的小莊子？這不是很不公平嗎？這憤懣加強了她再生的決心，這決心一天一天堅定，堅定到了蠻橫的程度。而且使她變得極有心機了。

小邵不在屋裡的時候，她就偷偷地仔細地看她的面霜、髮乳、洗髮精、香皀、花露水，記下這些東西的名稱和產地，然後不厭其煩地跑百貨大樓，實在買不到的，就記下等有人去上海捎。她仔細觀察小邵的生活習慣，極想知道她的皮膚是如何保養得那麼細嫩白淨，並且不見老。她發現小邵從不用香皀洗臉，便問爲什麼？小邵一愣，她從來沒考慮過這裡有什麼科學的理由。她只說：「習慣吧，從來不用香皀洗臉。」劉以萍從此就不問究竟，也不用香皀洗臉。小邵晾著的衣服，她總細細看，順帶著也幫她收下來疊好，使小邵很不過意。她發現小邵衣服上的褶，不是從肩膀往胸前打下來，而是從腋下往胸前打上去，她也學著這麼做。小邵睡覺時總穿一條花布長褲，名曰睡褲，她也學著縫了一條。她還學小邵的禮貌和舉止，告別時，她不再說：「你走！」而是說：「再見！」見面不再說：「吃過了嗎？」而是伸出巴掌去握手。能學的都學了，甚至暗中使了把勁，在某幾項上超過了小邵。比如，每天臨睡前做頭髮，小邵只在前面捲兩個髮筒，後面捲兩個髮筒，早上起來解開，沒梳兩下就看不大出鬈了。她每晚上前前後後要捲十幾個髮筒，第二天自然很鬈曲，用鐵扒梳怎麼拉也拉不直，她很得意。另外，她也看小邵穿得太素淡，她不！她愛鮮豔的。紅，就是紅，綠，就是綠，毫不含糊，她不喜歡中間顏色，不喜歡調和。她穿得很亮，心中也很得意。只有一樣她學不會，那就是小邵對自己婚姻大事的淡泊態度。她比小邵小三歲，心裡已有些著急了。可是小邵卻篤篤定定，不慌不忙。常有人要給她介紹對象，可她統統回絕，連見面都不願，不知心裡打的什麼譜。有一次，她忍不住問小邵：

「小邵，你有對象了嗎？」

「沒有。」小邵正在趕一篇明天要發的稿子。

「騙人！」

「眞沒有。急什麼！」

「你到年齡了。」

「上海三十多沒結婚的還有呢！」小邵說。

這是眞的，劉以萍在省城見過好幾個年近三十還沒結婚的姑娘。可她始終不相信她們心裡也像外表那樣泰然。在她們莊上，二十歲沒說好婆家的姊妹，大家都爲她發愁了。她的那些同年生的小姊妹，都已出嫁，有的已抱上第二個孩子了。劉以萍呢，如今也滿心裡籌畫著這事。她心裡一直有一樁遺憾。她始終不明白，那以快活出名的侯捷怎麼會有個未婚妻？在班上，他不是最愛和劉俠子開玩笑嗎？不是老纏著要劉俠子給他洗衣服？畢業前春遊，他不是要同劉以萍合影留念嗎？當人家起鬨他倆時，他不直笑嗎？劉以萍老等著他表態，到了畢業前最後幾天，她都急了。沒事找事往他們宿舍跑，眼瞅著他往哪兒她也趕緊去哪兒。他卻老不開口，直到最後，她只能託一個好朋友去說了。他卻一反往日的嘻皮笑臉，極正經極嚴肅地請她原諒，他在老家有一個女朋友。這，這簡直是騙子，劉以萍在被窩裡偷偷哭了好幾場。最後，他分到一個縣城，她則分到了地區，她才平靜下來。只是每每回想起來，心裡總有那麼一陣不痛快。不過，她不是心眼狹窄的人，想著不痛快的事，她就不去想。於是，她又高高興興的了。

小邵對這樁事的滿不在乎，很使她懷疑。她越想越覺得不可能，不相信。於是她認定小邵是找不著。你想想，二十五歲的大姑娘，不要對象，不是找不著又是什麼？這麼一思量，她便覺得這一樁她學不上來的東西，並不是她學不會，而是小邵落後了，她又超過了小邵。她得意起來，心裡暗暗盼著也有人給她介紹一個對象。

一天晚上，她到老趙家去玩兒。東扯西聊，忽然，她轉了話題，正色說：「老趙，你們應該關心一下青年的個人生活。」

「怎麼？」老趙一驚，扶了扶眼鏡，看著她。

「小邵年齡這麼大了，還沒解決個人問題，該幫她想想辦法了。」

「哦。」老趙鬆了一口氣，「是這樣。這孩子很不錯，業務好。她能找到好的，能找到。」

「她已經二十五歲了，一過三十就難了。」

「她二十五了嗎？她比你大？」老趙似乎又吃了一驚，「看不出，看不出。」

「她比我大三歲呢！」劉以萍覺得有必要講講清楚，「眼角這兒，笑起來都有些褶兒了。」

「她要求一定很高。二十五歲，不急，不急。年紀輕輕，少想這些事好。」

這時，老趙愛人鄭大姊，工業局的一個什麼幹部走了過來，插上話說：「小劉，你有對象了嗎？」

「我？」劉以萍紅了紅臉，忸怩了一下，「我還早呢！」

「還早還早。」老趙說。

鄭大姊不再說話，沉默了一會兒，眼看著話題要轉移，劉以萍趕緊又加了一句：「我還不考慮這事，我才二十二歲呢！」

「你要不嫌早，我們那裡有一個小夥子，介紹給你倒合適。」鄭大姊說，女人就是女人，就愛攬這些事。老趙開始打呵欠，睏了。

劉以萍的臉有些發白，又忸怩了一下，說：「要有特別合適的，早點談也有早談的好處，對嗎？老趙。」

老趙瞌睡朦朧地點點頭。

鄭大姊說：「這孩子是南京人，二十四歲，也是工農兵大學生，去年分到我們那裡做宣傳幹事。工作不錯，人也老成持重……」

這事很快就說定了：由鄭大姊先去徵求那小夥子的意見，如他願意考慮，就讓老趙通知劉以萍。再定日子見面。老趙愣愣地坐在那兒，半晌沒有回過神來，僅只一分鐘之間，一樁神聖的使命便落到他的肩上。

第二天，劉以萍一天心神不定，老是藉故到老趙辦公桌前轉轉。可老趙卻像是把這事兒忘了，一提不提。直到下了班，劉以萍實在忍不住了，去問他。他才猛省過來，說那人同意見面，時間就定在明天，正是星期天，晚上七點鐘，在老趙家裡碰頭。

劉以萍睡不著了，一夜都在想著，明天該穿什麼衣服。三月的天，是春天了，但還有些涼意。穿那件純滌綸的兩用衫（她已學會不叫褂子，而叫兩用衫），有些冷。到時候，說不準要出去逛逛，要是上黃河沿，風大而且涼，凍得吸溜吸溜的太不好了。那麼就穿棉襖，罩那件粉紅夾銀線的蒙襖褂子。可怎麼來說，穿棉襖總有些鼓鼓囊囊，不精神，不俐落。這季節，最合適的是穿一件呢短外套，又暖和，又輕便，又好看。淮海路百貨大樓裡就有賣的，只是，要三十四五塊錢呢？她默默地在心裡算了一會經濟帳。這個月的工資剛領，錢倒是有的，只是買了呢子外套，就不能給家裡錢了。家裡挺盼著這錢呢！要買回銷糧。劉以萍是個孝順女兒，她撇不下爸爸媽媽。她心裡也明白，沒有這麼個爹，便不會有自己的今天。不，不能把這錢扣了。她搖了搖頭，繼續想：那麼少給一點兒，給五塊，或者四塊，伙食再扣五塊，只吃九塊，甚至八塊。每頓吃五分錢的菜，行！她的嘴巴是挺能委屈的。好，就這麼定了。她計畫好了，就安心地睡去了。作了一個很甜蜜的夢，夢見那個小夥子。那人的一切都很朦朧，但肩上挎的一個航空包卻清晰可見地印著兩個大字：南京。他在頭裡走，劉以萍在後頭跟，不知怎麼，腳像踩在棉花裡似的，怎麼也跟不上他，正面去瞅一眼。就這麼，正跟電影裡演的反了一反：男的跑，女的追，跑著追著，天大亮了。一睜開眼，呢子外套便跳到了腦子裡。

小邵正坐在桌子前梳頭，她打算請小邵作作參謀：

「小邵，我想買呢子外套，你說什麼顏色好看？」

「黑的。」小邵不假思索地肯定地說。

黑的？劉以萍就是不喜歡黑的。她聯想到大劉莊上小姊妹日思夜想的黑燈草絨外套。不，她不能穿黑的。「除了黑的呢？」她又問。

這次，小邵認眞地思索了一會，然後說：「還是黑的好。」

劉以萍不吱聲了，她決定獨立自主。她對自己的審美觀，有時候很不信任，沒把握。總要去徵求人家意見，買一件東西，常常會挑花了眼，結果反挑了一樣並不怎麼好的，於是便後悔得了不得。可有時候，卻又十分自信，十分固執。當人家的意見不符合她的審美標準時，尤其固執，毫不虛心。現在，就是固執的時候了。

起床，梳洗，吃好飯卻還早。星期天只開兩頓飯，上午十點和下午四點。她決定不等開飯了，先上街，買好呢子外套，她才能安心。

她在百貨大樓門口轉悠了一刻鐘，才開門。成衣櫃台前，有三種顏色的呢子外套：黑的，紫紅格兒的，翠藍格兒的，黑道兒將格子畫分得很大，顯得特別耀眼。她首先把黑的排除出考慮範圍，然後，就在紅、藍兩者之間搖擺起來。她決心要買件洋乎的，但又拿不準，究竟哪樣才算是洋乎的。她覺得紫紅格兒的挺好看，翠藍格兒的很鮮亮。她還是喜歡鮮亮的，開始往翠藍格兒靠攏了。她又想到，在學校裡的時候，有一次，她和一個南京同學上街，那同學對著櫥窗裡一件大紅襖說了聲：「眞鄉氣！」她知道南方人說「鄉氣」就是「土」的意思。從此，在她心中就多了一個概念，凡是紅的，都難免有「鄉氣」之嫌。她決定買翠藍格兒的了。等她夾著衣服包走出大樓，感到一身輕鬆。肚子趁機咕嚕了一下，她覺出餓了。

食堂賣飯處的小黑板上寫著：海帶肉片，兩毛；白菜燉肉，兩毛；魚，三毛。可能因爲星期天只有兩頓，食堂覺得挺委屈大夥兒，有心想補償一下，全做兩毛以上的菜。這卻把劉以萍難住了，這超出了她的預算。猶豫了半天，等最後一個人都買過了，大師傅倚在賣菜窗口，欣賞著大家夥的狼吞虎嚥，臉上帶著極滿意的微笑。劉以萍左右看看，沒人注意她，便走上前輕輕地對大師傅說：

「我只買五分錢白菜燉肉，行嗎？」

「五分？」大師傅大著嗓門，「吃不著。」

「賣我五分錢吧，我吃不了一份兒。」劉以萍壓低聲哀求道。

「一毛。」大師傅接過她的碗，不由分說地舀了半勺子。

劉以萍端著碗，匆匆跑出食堂。她怕同事們笑話她，她的節儉已經成了有些無聊的人的話題。她跑回宿舍，一個人慢慢地吃著。她總覺得食堂的菜，沒鹽，沒味兒。因此寫信託人從家裡捎了一包大蒜瓣，她喜歡吃蒜。但今天，她認爲不能吃，得忍一天。一想到蒜，更覺得菜沒味兒了。她克制著，不讓自己去想那香噴噴、辣蓬蓬的蒜。到了下午四點這一頓時，她只買了三分錢的蘿蔔菜，是放水裡煮的，少油沒鹽，她感到她不能不吃蒜了。她餓得慌，饞得慌。激烈地鬥爭了有一分鐘，終於毅然拉開了抽屜，掰下一小瓣蒜：「只吃一點兒。」她對自己說。可吃這麼點，還不如不吃，更難受了。「再吃一點兒吧！」於是又掰了一瓣兒。一吃再吃，不可收拾，結果她吃了個夠，連自己都能覺出嘴裡的蒜味兒了。她漱口，漱了還不行，再刷牙，刷了仍不放心，又悄悄從小邵茶葉盒裡拿了一小撮茶葉，放在嘴裡嚼著。她見城裡人吃過韭菜都這麼嚼一點茶葉去味兒。

把口腔收拾過，她就開始打扮。洗臉，抹香脂，梳頭髮，擦皮鞋。最後，鄭重地抖開呢子外套，穿上了身。整個屋子都爲之一亮，她的臉興奮得發紅了。可惜鏡子太小，看不清全身。好在天黑了，對著玻璃能照出點意思來。玻璃窗裡映出的自己，很陌生，變成另一個人了，另一個比自己好得多的人，不再是那個大劉莊的劉俠子。她愛惜地撫摸了一下厚實而粗糙的呢子，摘掉落在領子上的一絲頭髮。爲自己能變成這樣而感到幸福。

晚飯吃得早，忙到這會兒，才六點一刻。她決定去老趙家了。無論翠藍格兒的呢子外套把她變得怎樣，她的心仍是一顆淳厚的農村姑娘的心。大劉莊那口甜水井，養育了她，鑄造了她，她的血和肉，無一不是那裡的泥和水揉成的。她還沒學會擺架子，沒學會作假，不會裝模作樣。就算有時要耍點子小心眼，也是沒有惡意的，並且耍得笨拙。她以爲，既然是願意去會一個人，就應該眞心誠意的，別讓人等著。於是，她早早地走了。

老趙家已吃過飯，鄭大姊正在涮碗。劉以萍眼巴巴地看著她慢條斯理地用熱水涮，用冷水涮，用抹布一個個擦乾，再仔細地歸納著：碗歸碗，盤歸盤，逐一放進碗櫃。然後又掃地，抹桌子，一切完畢，指針還只在三刻上。那人還沒來，劉以萍又急又緊張，臉，一陣紅一陣白，簡直坐立不安了。老趙卻還一板一眼地和她說著明天到二中採訪的事：

「今晚上，你先設想幾個問題，能啓發她多談事實的問題。比如，她當時是怎麼想到編一本自己的教材……」

劉以萍打斷他說：「他不會不來了吧？」

「誰？」老趙一愣。

像是回答他們，門口響起一個聲音：「鄭大姊在家嗎？」

鄭大姊答應著迎了出來，指針剛剛越過七點三分鐘。劉以萍的心狂跳著不由自主地站起來，老趙卻對她說：「坐，坐！」她又木木地不知所措地坐了下來。

鄭大姊進來了，身後跟著一個人，頗像一根晾衣服的竹竿，又高又細，頂端部分架著兩個閃閃發亮的眼鏡片。

「這是我們局裡的小薛；這是《曉星報》的小劉。認識認識。」鄭大姊兩下裡作著介紹。

小薛朝劉以萍弓了弓腰，活像一隻大馬蝦，劉以萍紅著臉也點了點頭。她精神準備了多時的握手儀式卻被徹底忘了，等到老趙與他握手時，劉以萍才想起來，可已經晚了。

「你們忙吧？」老趙問。

「就這樣，事務性的工作，說忙不忙，說閒也閒不了。你們呢？」

「還好，還好！」

這麼交叉著寒暄過後，出現了一個靜場，實際上也是一個暗底裡互相審視的過程。劉以萍偷眼瞅那小薛，見他長了一張長長的國字臉，像用螃蟹鉋刨過了一樣，有些窪。眉眼還端正，一雙手白白淨淨、細細長長，站相、坐相，很有幾分書生氣。劉以萍不太喜歡這種類型的人，可是他那口帶著濃重的省府口音的普通話，卻使她覺著悅耳動聽。她感覺到他也在仔細地打量自己，於是便一動不敢動了。

鄭大姊覺著端詳過程太長了，於是就引著說話：「小薛，你看《曉星報》嗎？」

「偶爾也看的。對了，有一篇寫十里鋪棉花大王的文章很好，挺感動人。」

「是小邵寫的，一個上海知青。」老趙說。他不知道這該由劉以萍回答。

「小劉負責哪一部分的採訪工作？」小薛彬彬有禮地直接發問了。

「她和我……」老趙還要包辦代替，被鄭大姊打斷了：

「你到院子裡把曬被子的繩解下來，我搆不著。」

「你怎麼繫上的？」老趙不滿地嘀咕著，跟老婆出去了。劉以萍這才得以說話：

「我和老趙是文教衛生版的。」她努力克服著自己土氣的口音，使聲音有點怯怯的。

「當記者挺有意思的，可以接觸很多有意思的人。」

「就是。」

「你讀的是中文系？」

「就是。」

「學到什麼沒有？我們那幾年老是拉練，搞運動，白白混掉了時間。」

「就是。」

「眞不幸。」

劉以萍不敢苟同了，可她卻又不知該怎麼回答，想了想，仍然說：「就是。」

小薛不再說話，很無聊地東張西望著。

「你家在南京，到此地過得慣嗎？」劉以萍開口問了。

「還好。」

「你們吃慣米了，麵食能吃嗎？」

「還好。」

「我在那裡待了幾年，回來還水土不服呢。這裡水硬。」

「還好。」

劉以萍搜腸刮肚，還想再問什麼，卻見小薛站了起來，原來老趙兩口子進門了。

「鄭大姊，我先走一步，還有一份報告要起草呢！」

「再玩玩嘛！」老趙、鄭大姊異口同聲地挽留。

「不了。你們坐吧，我走了。」他向劉以萍點了點頭。

劉以萍趕緊站起身說：「再見！」

鄭大姊送小薛去了，老趙問劉以萍：

「談的怎麼樣？」

劉以萍不大好回答，她對介紹對象沒有經驗，剛才進行的一切又太迅速了一點，她不知道意味著什麼。

「你對他有好感嗎？」

劉以萍有話說了：「人很老實，太老實了。」

「老實好，你這麼個農村姑娘，沒有社會經驗，一定得找個老實的。」

她不愛聽這話，反駁道：「老實受人欺呢！」

「這又不是『四人幫』時期了……」這恐怕就是搞報紙人的職業病了，凡事都要和形勢掛鉤。

鄭大姊進來了，臉上有點尷尬的表情。

「怎麼樣？小夥子的態度如何？」老趙問。

「小薛說他準備考研究生，個人問題暫時不考慮。」

「那他還同意見面！」老趙吼了起來。他只能理解字面，字裡行間曲折的意義卻一無所知。

劉以萍的神色頓時黯然了，她有點明白小薛的話是托辭。

「這沒什麼，」鄭大姊安慰劉以萍，「小薛是個書呆子，不是過日子的人，在一塊得累死你。就像我們老趙……」

劉以萍沮喪地走出了老趙家門，慢慢兒地往回走。這個人並不是她十分滿意的，就算他同意了，她還要挑挑他呢！只是她不明白，究竟是哪一點使小薛這麼快就失去了興趣，或許她嘴裡的蒜味兒還沒完全消失？她聯想起侯捷，她很傷心。城裡的男人爲什麼總看不上她，一定是在哪一點上還沒做好。

迎面走來一群姑娘，有的背著皮包，有的提著小提琴，是地區文工團的女孩子。其中有一個高高的姑娘身穿一件黑色的呢子外套，圍一條豔紅的短圍巾，黑的使紅的更紅，紅的使黑的更黑，反過來又加強著紅的鮮亮，十分富貴而漂亮。劉以萍不由停住腳步，目送著她們遠去，眼睛一直盯著那純黑的外套和那一點紅。這才發現小邵意見的英明正確。呢子外套確是黑的好。她的審美觀在這時又動搖了，她後悔自己買了這麼一件翠藍格兒的。也許今晚穿黑的，那小薛就不至於……她心裡盤算著把衣服讓了，再買黑的。

這一次本是偶爾想起的作媒，失敗了，使鄭大姊對劉以萍很抱歉，覺得對劉以萍的婚姻大事有了不可推卸的責任，並且還在她們科室裡作了動員。於是，接連著又給劉以萍介紹了三五次。不是對方看不上劉以萍，就是劉以萍看不上對方。她看不上對方，都是因爲對方太土，太窩囊，有的剛從鄉裡來，一腦袋高粱花沒掉，叫她直想起拽子，這是她最不能容忍的。人家看不上她，是因爲什麼，她卻不甚明白。只知道，在這類情況之後，老趙總對她說：「好好鑽業務，學小邵。早哩，早哩！」鄭大姊則說：「還是要純樸老實的好，不可惜，不可惜。」然而，劉以萍卻常常可惜得掉淚。經過這麼幾次，劉以萍有了經驗，老練多了。再不會提前早到，總要姍姍遲來幾分鐘，以示身價。她不再緊張得臉一陣紅一陣白了，並且，老趙教她採訪前設計提問的方法被她靈活應用到這種場合，到時候她不會無話可說，顯得那樣的沒見過世面，土里巴幾。又經過三五次以後，鄭大姊不免有些氣餒，有一次，她竟對劉以萍說：「其實，你乾脆在家裡找個小夥子，倒可靠，也合適。」這話最叫劉以萍傷心了，她最碰不得的地方被狠狠刺了一下。她用被子蒙著頭大哭了一場。她想起她前十幾年的生活，從懂事開始，她便在熱辣辣的日頭下割豬草。一年到頭，苦啊，忙啊，連喘氣的工夫都沒有。到頭來，卻仍然一無所有。為了做一件裡外三新的布襖，她和媽媽吵了多少回，哭掉多少眼淚。十幾年，她不懂得世界上還有手紙，她們祖祖輩輩都是隨手揪幾葉草、幾片樹葉當手紙……她不知道那十幾年怎麼過來的，而她知道小鳳，大枝子，許多許多人都還要繼續過下去，生兒育女，祖祖輩輩，子子孫孫……為什麼注定要她們永遠在那塊土地上生活？她發了狠，一定要在城裡找個好樣兒的，找個和農村不沾一點兒邊的人，徹頭徹尾的城裡人。她的孩子的籍貫一定要填上「上海」或「南京」，最次也不能次於地區級城市。她的孩子，要喝牛奶，要穿毛茸茸的連衣褲，要把她從小受的罪全補償過來。

這時，隨著經濟生活的發展、繁榮，市場上流行的衣服款式，越來越漂亮，不少是從西方、香港移植來的。出現了種種保護皮膚的營養霜。髮型的種類又多又好看。唇膏、指甲油、香粉，種種禁忌的化妝品也上了市場。各種文化生活的報刊上介紹了如何保護皮膚、頭髮、身段。《青年報》上還連載了文明禮貌的待人接物的規矩。這爲她提供了條件，她細心地學習這一切，爲自己的宏偉目標奮鬥著。

時間在不知不覺地流逝，轉眼，她二十四歲了。她害怕這個年齡，這個年齡對於一個姑娘太可怕了。在她們莊裡，哪有二十四歲的姑娘！漸漸的，她不願意人家問她年齡，如果不得不回答，她就說：「你看呢？」掃興的是，人家往往要看得多一點，因此，她連問也不敢問了。而且，這個年齡會滋生出那麼多種莫名其妙的感情。她希望能有一個丈夫，讓她疼，希望能有一個小娃娃，讓她愛。似乎在女人的人性中，就有著付出愛情的需要。

就在這尷尬的時候，她遇到了小谷。

三

春節，回家探親。這次回家並沒有激起很大的回響。鄉裡分了地，大夥兒沒日沒夜地幹，晚上吃過飯就癱在床上了，再沒精神串門。大枝子這些比她小一班的姊妹也都出了嫁，接上茬的姊妹都是一些極小的，劉以萍上學去時她們還是穿開襠褲的小丫頭。在她們眼裡，劉俠子是個極大的人，上一個時代的人了，無話可說。來看她的人不多，而來的人必問：「定了親嗎？」因此，她也極怕見人了，小拽子和小鳳定了親，小鳳見了她便不理不睬。似乎拽子的仇人也是她的仇人，又似乎因爲劉俠子沒對象她則有了而驕傲瞧不起人了。其實，劉以萍哪把她們放在眼裡，看著她們又黑又瘦又疲倦的臉色，劉俠子可憐都可憐不過來呢。

媽媽悄悄地和她說，她大姑曾來提過，馮井有個人，在西寧當解放軍營長，一月掙一百多，新近死了老婆，沒孩子，想在家鄉再找一個。媽說，人不錯，就是年歲大了點。劉以萍又被刺痛了，她不曾想到自己到了只能給人續弦的地步，一口回絕了。過後她冷靜想想，又覺得這門親確也有可取之處。續弦，就續弦。城裡人並不在乎這個，她親眼見過大姑娘和有婦之夫搞戀愛，最後還眞搞成了。年齡大幾歲，也無妨，城裡人就愛男的大得多，大十歲都不在乎，他們認爲女的易老。她有點動心了，可是一想到這個人的老爹老娘，七大姑八大姨都在馮井，她又猶豫了。他的根子在這兒，扎得很深。部隊上的事說不準，老紅軍都有回鄉務農的一天。她打消了這個念頭。她立志把自己的根從這裡拔走，連一絲鬚都不留。這個鬼地方，爲什麼偏偏把她落生在這裡？

她側耳聽著東屋爸爸在夢裡的哼哼聲。一分地，老頭也下地幹活了。二十年沒這麼撒開幹過，眞累得夠嗆。西屋又傳來小姪兒的夢哭，他也很累，要割草，拾柴禾，送水送飯，城裡這樣的小娃娃還得雇個保姆整天捧著呢。男女老少都在拚命，並且忽然之間勃發了這麼大的熱情。究竟有什麼意義，她看不出來。她只看出，這兩年，父親母親，哥哥嫂嫂，都蒼老了許多。她感到很悲哀，這世界上最不幸的人要算是農民了。她想到報社那剛調回的右派，訴說起在農村的日子是如何悲憤，好像是下地獄去走了一遭。可是農民，他們的祖先、後代卻永遠永遠在這裡，他們該向誰去哭訴呢？

假期沒滿，她又提前回了報社。走之前，她把身上所有的錢都掏給了家裡，只留下車費。她覺得自己在城裡吃白飯都比家裡幸福。

回到社裡，外地的都還未回來，宿舍裡十分冷清。小馬家在哈爾濱，前不久剛探過親，這次沒回去，偌大個宿舍，劉以萍要不回來，就只有他自己了。他是個挺驕傲的傢伙，見了劉以萍，連眼皮子都不抬。據說他至今還在反對他們組長老趙接受劉以萍，可這一天，他卻主動來敲劉以萍的門。

「你會炒菜吧？」

「會。」

「我來了個客人，你去露兩手吧。」他似乎是恩賜，而不是請求。

「好，你頭裡走，我馬上去。」劉以萍欣然答應。見小馬主動和她說話，她是高興的，

「你那裡有油鹽醬醋吧？」

「瞧你的了！」遠遠地傳來小馬的聲音。

劉以萍東借西討，籌齊了一切作料，興沖沖地跑到小馬那裡，見小馬床沿坐著一個陌生的小夥子，白白淨淨的長臉，頭髮黑油油地搭在腦門上，大大的眼睛，高高的鼻樑，穿一身整整齊齊的藏藍滌卡的學生裝。挺標致個人，不知怎麼卻皺緊眉頭，苦巴巴的。她聽小馬叫他小谷，他倆面對面坐著，抽菸，喝茶，談話。毫不在乎在旁邊忙著的劉以萍，好像她是他們雇來的保姆。

劉以萍眞誠地想要「露兩手」，細心地切著肉絲，洗著菜，注意著少放鹽，多放油，她如今很會做兩個細巧菜了。同時，也瞅空去看那小夥子幾眼，並豎著耳朵聽他們的談話。

「早吹早好，拖久了更痛苦。」小馬的聲音。

「道理是這樣，可我眞願意她繼續瞞著我，別讓我看見……」小谷說的是南方味兒的普通話。

「你這人，壞就壞在軟弱，不正視現實，這弱點要害你一生的。」小馬威脅他。

劉以萍從這三言兩語中聽出了個大概，那小谷是被一個姑娘甩了，小馬在勸他呢。她不由地很憐憫這小谷，她覺得他吸菸太多了，那白淨秀氣的模樣是經不起這般煙燻火燎的。她極想去勸勸他，可是沒有機會。

菜炒好，她走攏去，對他們說：「你們吃飯吧。我，走了。」

「一塊吃，一塊吃。」小馬說，他到底還懂點道理。劉以萍鬆了一口氣，忙著收拾桌子，端菜，斟酒，盛飯。安頓完畢，最後一個拿起筷子，然後笑盈盈地對小馬說：「你介紹一下呀！」

「十四中的語文老師，谷啓亮；我們報社的劉以萍。」他潦潦草草介紹完畢，就大口大口吃起來，也不讓人。

「小劉是什麼地方人？」小谷隨便問。他只喝酒，很少吃菜。

「你看呢？」她微笑著期待。

小馬認爲完全沒必要來這個遊戲，直截了當地說：「遠縣劉莊人。」

劉以萍眞想打他一巴掌，可小谷卻說：

「看不出來。」

劉以萍興奮得臉都紅了，對小馬說：「你別光顧著自己吃，讓讓人。」

「老朋友了，不客氣。」

劉以萍認爲自己該盡義務了，便動手把各種菜往小谷碗裡夾了一些。

「夠了夠了，我也吃不下。」他不是能喝酒的人，這麼幾口已經上了臉，直紅到脖子根。

小馬發話了：「你看你，六尺長的大丈夫，讓個娘們收拾成這個樣，沒出息。」

「凡事都要看得透點，想得開點，自己先別和自己過不去。」劉以萍溫和地勸說著。

小谷的眼淚直流下來，劉以萍一心酸，忽地想起自己的命運，兩眼不由地也紅了。她站起來擰了把毛巾遞給小谷。

小馬十分冷靜：「痛苦是必定的，只是不能一蹶不振，不值得。天涯何處無芳草，天底下好姑娘有的是，祝你幸福。」他舉起酒杯，朝小谷的杯子碰去。劉以萍劈手奪過小谷的酒杯：

「你不能喝了。」她把半杯酒往地上一潑，轉身給他盛了飯。

小谷順從地接過飯碗，默默地吃起來，自此就再沒說一個字，可一丟下飯碗，他就躺倒在小馬的床上，睡著了。

「他喝醉了。」小馬輕輕地說，「你去吧。」

劉以萍給他蓋上一件大衣，心想：這人的醉相很好，不打不鬧，這樣的人多半是性情溫和的。她走到門口，又站住腳回頭看了他一眼，心裡記下了他的名字，谷啓亮，地區十四中語文老師。

這以後的好幾天，劉以萍時時刻刻都在想著谷啓亮。她從小長在農村，見膩了五大三粗，魁梧壯實的男子漢，喜歡細巧的、柔和的、白淨的男人。自己已經是二十五歲了，可她理想中的愛人卻一直沒有長大，仍然是二十二三歲的小夥子。她喜歡小谷，喜歡他的文靜，溫和，她覺得他標致、俊氣，她如果有這麼個愛人會是極大的幸福。她選愛人和她選衣服一樣，總是獨立地去欣賞，而不問是否適合於自己。從此，她便常常和小馬搭訕，打聽小谷的事。小馬愛理不理，還是透露了不少。她知道了小谷一些基本情況：他出生在南方一個中等城市，父母都是普通職員，母親已去世，是個小康人家。他七〇屆初中畢業插隊落戶，後來推薦上了省師範學院，兩年畢業，分在十四中。一年前和文工團一名舞蹈演員戀愛，不久前吹了，小馬總結他的失敗道：「他太女人氣了，姑娘找對象總要找個男的，他違反了這條基本原則。」劉以萍卻大不以爲然，她就是喜歡他的綿軟細緻，溫文爾雅。她打聽到這一切以後，又思想道：媽媽老愛說有個月下老人繫紅線，要眞是兩口子，不遠萬里，不論多少曲折，終能碰頭。也許她和小谷，就是……小馬說女的都不喜歡這種男人嗎，可她卻偏偏一見就喜歡，這不就是緣分？她又想起小谷說「看不出」她是鄉裡人；她不叫他喝酒，他就不喝了：小馬勸他半天沒事，她一開口他卻落淚了，這可不就是緣分？她越想越覺得是這麼回事，越覺著是這麼回事便越等不及了。

她想直接去十四中找小谷，和他聊聊，一來二去的，不就熟了。可她不習慣這麼做，她所習慣的是，有個中間人，左右給說一下。她想，是不是去找小馬，讓他給做個介紹人。可看到小馬那鼻子朝天的傲氣，她知道去找他準沒好結果。而且她想起城裡的青年男女都是自己談的，就兩人，誰都不說，自個兒好起來，確是挺有味兒。她想試試。她下決心去找他了，甚至都穿扮好，走到了汽車站。可等到車來了，她的腳卻軟了，腿肚直打哆嗦，她惶惑地又縮了回來，想著，還是得找個介紹人妥當。

正在她左右爲難的時候，老天又給她機會了。這機會來得十分意外，因此也使她分外地高興，更以爲，小谷注定是她的女婿了。

星期天下午，茶爐不燒水，她上外面去打水，提著暖壺回宿舍時，正遇小谷迎面走來。她的心快活地一顫，可惜兩只暖壺占了手，沒法握手了。

「你來了?」她說。

「我走了，小馬不在。」

「他總要回來的，上我那兒坐一會兒吧，走!」她不由分說，在頭裡領起路來。小谷猶豫一小會兒，便跟著去了，他是很善於服從的。

「坐吧。」她給他搬過凳子，從小邵茶葉盒裡拿點茶葉泡了一杯茶，遞給了他。這時她發現他的兩用衫上有一顆鈕子很危險地吊在那裡，只憑一根線支持著。「喲，你這鈕子馬上要掉，我給你縫幾針。」

「不用，不用。」小谷把鈕子扶了扶，一鬆手它又落下去了。

「這有啥可客氣的。」說話間，她已扯好了線，引好了針，在小谷跟前坐下，把鈕子摘下來，一針一線縫了起來。她聞到小谷身上的氣息，心裡充滿了柔情。

小谷感激地看著她，覺得她很像自己的姊姊。心裡也湧起了一股溫情。

「聽小馬說，你就自己一個人在此地，挺孤單的。」她細聲慢氣地說，「有什麼要洗的，要縫的，就拿到這兒來，我順手就給你弄了，啊？」

「一個人生活倒簡單，食堂吃飯，衣服也沒幾件要洗的，就是有點想家。」

「成了家就好了。」

「我可不想。經過那一次，我對誰都不相信了。」

「這話沒根據，你除了同她，又和別的誰談過呢？」

「這倒是。可是認識一個人挺難，人和人接觸的機會少，靠人介紹吧，我又不喜歡。」

「我也不喜歡靠人介紹。」劉以萍不知不覺地把自己加入進去了。但這裡並無詭計，實在是眞心。她請人介紹了七八次，結果她喜歡的人卻是自己遇上的。

「這是一件很微妙的事。茫茫人海中，找準一個人，不僅要你愛她，還要她愛你，而且要愛一輩子，心心相印，眞不容易。」

「這是個緣分。只要有緣，就是各在天涯海角也能碰到一塊去。」

「這話眞有意思。」小谷笑了。劉以萍的心又一顫，他笑起來極好看，嘴角彎彎的，露出兩排雪白的牙齒。

樓下響起了電鈴，吃下頓飯了。

「你別走，我去買飯。」劉以萍拿起碗走了。

吃過飯，小馬還沒回來，而他倆都已把小馬忘了。他們談得很熱鬧，很投機。小谷覺得劉以萍很會體貼人，安慰人，像個大孩子似的，把角角落落裡的委屈都滴滴答答地向她訴說了。講到傷心處，又紅了眼圈。劉以萍耐心地，極有興味地聽他訴說，她很愛他，而她自己並沒發現，這愛裡摻雜了很多別種成分的愛。比如，母愛，姊姊對弟弟的愛。這種種的愛，匯合在一起就更深沉了。見他又難過起來，她忍不住撫摸了他放在膝上的手臂。他一陣激動，翻過手掌，把她的手握住了。

這天晚上，他們談到很晚很晚。

這兩個人，迅速地好起來了。這對於劉以萍，是早有準備，醞釀了很久的感情。她只感到實現了的歡愉，並不感到意外。小谷呢，他還沒來得及看清楚對方，看清楚自己，憑著一時的渴望溫情，渴望安慰，憑著一時的激動。他感到又欣慰，但又有些恐慌。然而不管怎麼樣，他們好了。幾乎天天晚上見面：看電影，散步，談天說地。兩人的工資都合在一塊，由劉以萍安排了。

劉以萍付出了自己一腔的熱愛，無微不至地體貼他，把他當個糖娃娃似地捧著。而他，生性需要溫暖，需要照料，需要體貼。兩人是十分協調，不久，便開始討論結婚的種種瑣事。

旁人卻還沒反應過來，不知這兩個人是怎麼回事。小馬還算明智，沒有把自己對劉以萍的印象去向小谷灌輸，只是嘀咕了一下：「這兩人熱昏了頭。」小邵好心地囑咐劉以萍冷靜點，放慢速度。劉以萍認準小邵出於妒忌，說：「我是可慢慢來，你可是快點吧。」噎得小邵半天說不出話來。

劉以萍畢竟是喝大劉莊的水長大的，她即使學會了一點裝腔作勢，那也是極表面的。內心裡仍不會作假。她愛這個人，就以全部熱情正面地去愛。她從來還沒盡情地愛過一個人呢！可是小谷卻覺得有些單調，有些乏味。他喜歡那種愛法：時不時地給個小臉色，鬧個小性子，來個小彆扭，你哄我，再我哄你，趣味無窮。他有時回想前次的戀愛，那位名叫佳佳的舞蹈演員很任性，他們常常吵嘴，吵得不可開交。究竟因爲什麼，也不甚清楚，現在就更想不起來了。可每次吵過了，一旦和解，卻加倍的柔情蜜意。他有時也想同劉以萍這麼一回，可劉以萍卻總是一味地忍讓、順從，不和他吵，不和他爭。他只能一個人發脾氣，她便百般地撫慰，弄得他脾氣也無處可發。劉以萍不懂這麼些彎彎道，她只知道，愛一個人，就是全心全意地愛，肯爲他吃苦，爲他受氣，一輩子和和氣氣，一輩子沒個口角。當然，這一切忍讓、順從，都是在一個大前提之下的。就是，這個人必然完完全全地屬於我。她不讓小谷自個兒去看一場電影，哪怕她已看過的電影，都要再陪他去看。她不讓小谷單過一個晚上，她總是默默地守在他身邊，絕不妨礙他，絕沒一點聲響，他儘可以備課，批改作業。因此，在她的溫順體貼面前，小谷又感到一種看不見的制轄，他不自由。他想反抗了。

這一個星期天，講好同往常一樣，兩人一起上街逛逛，遇到好電影就看一場。劉以萍早早起床，燒好早飯。她請人做了一個煤油爐子，小谷來，就自己燒點菜給他吃，她把他當個病號侍奉著。可是到了九點半，小谷也沒來，十點半，還沒來。劉以萍沉不住氣了，鎖上門，匆匆趕到十四中。小谷的宿舍鎖著門，她有一把鑰匙，開了門進去，沒見他留下任何條兒。心想他會不會正往報社去，兩人走岔了。於是又匆匆趕回報社，仍是沒他的人影。她傻了。一天沒吃一口飯，到了晚上七點鐘，小谷來了。她像一年沒見他似地撲上去，抱住他的肩膀。他卻輕輕地閃過了：

「我們幾個同事去黃藏峪爬山了。」他硬著脖子，說話的腔調很難看，好像準備著大吵一場，可是劉以萍並不打算吵，她愛他，怎麼能和他吵呢？她只輕輕地說：

「吃飯了嗎？我這就給你做。」

「吃過了，在三名齋。」他像是有意氣她的，嘴裡噴出一股酒味兒。

她說不出話了，沉默了一會，忽然捧著臉哭了起來。她是以一個鄉下人渾實的方式去愛一個有點輕薄的城裡人，注定要痛苦。她不懂這些，只會哭。

他慌了神，沒了主意。頭一回看她哭，他以爲她是不會哭的，她只會安慰他，卻永遠不需要旁人的安慰。他有些害怕，也有點抱歉。於是他走過去，抱住她，撫摸著她圓而結實的肩頭。她止了淚，輕輕地抽泣著。她感到了安慰，心裡暖暖的，覺得這一整天的焦灼不安都得到了補償。她哽咽著說：

「咱們去登記吧。」

「好的。」小谷不假思索地回答。

四

決定這天上午十點半去區民政局辦理登記。劉以萍早早地請准假，開了登記介紹信。清晨，又早早地起床，對著鏡子穿扮起來。

如今，她已經懂得不要把頭髮捲得太小太碎太多，而是做得鬆鬆的，大大的，似鬈非鬈地垂在肩上。她也懂了「女要俏，一身素」的道理，做了一套淺灰色的西裝。但總還有些不甘心，於是便在西服翻領上別了一只半徑有七八分的水鑽花；在頭髮上一左一右各夾了一只金燦燦的有機玻璃夾子。腳上著一雙高跟的紫紅皮鞋，練得差不多了，基本上走二十步才能歪一下。一塊翠綠的的確涼手帕放在手邊，隨時有空便可攥在手裡。上上下下配上了加倍鮮豔的零件，補償損失。用熱水洗了臉，搽上珍珠霜，必須輕輕地揉搓幾下。化學的作用加上按摩的功能，膚色白嫩了許多。

穿戴停當，坐在床沿上等小谷的到來。自從那日以後，小谷再不敢失約，但每次總要晚上那麼幾分鐘，以示不服輸和不順從。雖然知道他的規律，但十點半過後還沒見他人影，劉以萍難免還要著急。她克制著，囑咐自己，在今天這個日子裡千萬不要嘔氣，不要壞了情緒，她和所有的農村姑娘一樣，把這一天看得很鄭重，很神聖。

十點三刻，小谷來了。他們互看一眼，彼此都吃了一驚。小谷穿著一身灰卡其布衣服。雖然還整齊，可那衣服畢竟很舊，顏色極黯淡，還沾了一層粉筆灰。肩上背著個紅衛兵時代的軍用挎包，腳上是一雙洗得發白的鬆緊布鞋。

「你怎麼不穿那套呢制服?」劉以萍發問了。

「今天不是上班嗎?我調了一節課才出來。」他回答，打量了劉以萍一下，反問道：

「你打扮得這樣是上哪兒去？」

「今天我們去登記呀。你忘了？」劉以萍很慌，眞怕他忘了。

「沒忘，我這不是來了。」他說。

來了就好，她略鬆了一口氣，站起身來：「那，我們走吧。」

「讓，讓我休息一會兒吧。」他卻坐了下來。

「再晚就要下班了。」

「下班就下班。」

「怎麼了？又耍小孩子脾氣？」她去偎依他，他讓開了。

「我們再等等，好嗎？」

「星期天不是說好的嗎？你不是親口答應的？」劉以萍急了，聲音響了一倍。

「我沒否認。可是我反覆考慮，認爲咱們再應該愼重點。」小谷說，其實，輕率的倒是他自己。他從來不懂得應該爲自己的話負責，他也不要人家對他負責。責任對於他太沉重了，他承受不了。他生來是爲了輕鬆的。他猶豫著不願去登記，也是爲了推卸責任。

「我們談了快一年了，互相已經很了解，沒必要再拖延了。」她定定地看著小谷。這時候，她像是有點看透他，有點恨他了，可是，她仍然喜歡他，他標致，穿這麼一身舊衣服，還那麼好看。和這樣的丈夫站在一起，是極大的光榮，極大的驕傲。整個大劉莊，百十多戶人家，哪裡有這樣的女婿？

「一年有什麼？要了解一個人，有時候一生的時間都不夠呢。」這樣沉重的哲理被他輕輕巧巧地說出。好像一生只是一小時，而一年只是一瞬間。

「一年還不夠？」她茫然了。一年在她眼裡是太長了。一年時間，可以生個大兒子，可以作母親。一年前她二十四歲了，一年後她將二十六歲，二十六歲還不結婚，那，那怎麼可以！她絕對不能再等了，她想作妻子，想作母親了。她對小谷的感情，本來就是妻子同母親的感情合一。「你的介紹信開來了嗎？」

他遲疑了一下：「開來了。」

「走吧，一邊走一邊商量。」她不由分說地站起來，關窗關門。他只得跟著出來了。

秋高氣爽，陽光很明朗，行人不多，大街顯得很寬敞。走出地委大院，她便伸手去挽小谷的胳膊。在這個小城市裡，男女手挽手走路，只是極個別的幾對，文工團的演員，或是一些定居在此地的上海人，北京人。人們都不太習慣，一路上，不時有人回過頭來好奇地打量他們，嘰嘰噥噥地笑著。穿過小巷子時，調皮的小孩竟朝他們扔土塊，公然抵制文明解放的輸人。小谷很不自在，掙了一下卻沒掙脫。他一臉的不情願，而且有些恐慌的樣兒。其實他倒並非因爲不習慣。過去，他和佳佳，豈止是挽胳膊，夜裡躲在樹影裡接吻都不在乎。他覺得，和佳佳走在大街上，人們的眼光裡有著欣賞，人們的嘲笑裡含有妒忌。劉以萍也不自在，可她克服著，強迫自己緊緊地貼住小谷，並且得意自己這麼勇敢，這麼開放。她極希望這時候碰到熟人，看見他們恩恩愛愛的樣子。可惜今天不是休息日。

「你喜歡這個嗎?」她拉著小谷在百貨大樓的櫥窗前站定，指著裡面的一架錄音機說。走過這一段，她心裡盤算著，暫且不和他談登記，越談越要崩，「以後咱們也買一架。」

小谷無精打采地點了點頭。

走過菸酒食品店，她狠狠心，咬咬牙，走進去買了一包帶過濾嘴的香菸：「抽菸，要麼不抽，要就抽好菸。」

小谷接過來，臉上有了些悅色。

街口有幾個小青年在賣自己做的沙發，劉以萍說：「咱們也搞一對，中間放個立燈，是吧?」

「不錯。」小谷敷衍著。

「咱們都是孤身在外，有個家多好，互相照應。」她迂迴過來了，民政局呢，也就在前邊路口了。

「我，還是想慢慢的。」

「總是要登記的呀，既然我們介紹信都開了，來都來了，乾脆辦啦了了心事。省得以後再跑一趟。」劉以萍慢慢兒地說服他，「登記又不是馬上結婚。事情是得慢慢地來，可也得一件件地做呀！登記了，領導上就會考慮分咱們房子了。讓你們那裡分好了，你不就不用住集體宿舍了，咱們也不會沒地方待了。瞧，現在咱們常常只能在外面逛，冬天挨北風吹，夏天挨蚊子咬……」

小谷被說服了，不再說話，乖乖地跟著她走進了民政局。

當兩張登記表送到他們面前時，小谷又猶豫了。他想到這表格所意味的一切，他實在是沒這麼大力量來擔負這責任。他有點惶惑：怎麼，這一切都成眞的了？而且當他看到劉以萍的戶口本上，出生年月日這一欄裡寫著：一九五三年。比他大了兩歲，他更覺著這不像是眞的了。到了此時此地，他才稍許有點認清自己的感情。他害怕了，不由向後退了一步。她輕輕地在他腰裡捅了一下，他回過頭，看見一雙充滿期待的眼睛。他不知如何是好，囁嚅道：你幫我填吧，我用不慣沾水筆。

「好。」劉以萍溫柔地看了他一眼，一筆一畫地填寫起來。她全神貫注，鄭重其事，一件人生最重大的事情在作著決定。從今以後，她不再是一個人了，她有了丈夫。她要愛他，爲他做飯洗衣，爲他生兒子，撫養兒子，她心裡充滿了愛。女人就是這樣，生來就需要責任，需要負擔：丈夫，兒女，家庭。如今有很多女人，有了較高的文化和修養，社會的責任心漸漸沖淡了她們作爲女人的本能。反倒是在那些沒受過什麼教育的鄉村姑娘身上，尚能存著質樸的本性。

小谷木木地看著她慢條斯理地填表，心中發愁這項儀式什麼時候才能結束，他感到極其沉重。終於，每一項都填滿了，原以爲就要完事，不想她卻把表格推到他面前：

「簽名吧！」

「還簽名？」他又惶惑了。

「當然要簽名。」辦登記的老頭插嘴，催促著，「快，要下班了。」

他磨磨蹭蹭地拿起筆，又放下，對劉以萍說：「你上我書包裡去摸摸，我的筆帶了沒有。」他的書包擱在屋那頭一張椅子上。她高高興興地走去了，他趁機伸過脖子輕聲問老頭：

「登記了，還好離？」

老頭不耐煩地看了他一眼：「好離，不過不在這裡，是上法院。」

他鬆了一口氣，心裡的負荷頓時輕了不少。等劉以萍帶著他的鋼筆過來時，他已用沾水筆爽爽利利地簽好了名。

登記完成了，兩個人一身輕鬆地出了門。心情都很好，爲著各自的理由而高興著。

「我走了。」小谷說。

「上我那兒吃了飯再走，下午兩點才上班呢！」劉以萍說。

「我想走了。」

「上報社去吧。我買了一瓶酒。」她幸福地臉紅了一下，「專爲今天這日子買的。」

「我不想喝酒。下午還有課，我走了。」小谷用力掙出胳膊，走了。他極需要獨自輕鬆輕鬆，這一上午都太沉重了，使他很疲勞。

劉以萍一個人站在那裡，心裡不覺有點發空，她不明白這是怎麼回事。看著小谷走遠，她轉過身子，慢慢地往回走了。

中午時分的太陽，照得人身上暖烘烘的。正是吃午飯的時候，街上人更少了許多，很冷清。她沒覺出餓來，剛才那一瞬間發空的感覺，已經過去了。這會兒，關於結婚的種種具體的事情，把那小小的、隱隱的空間塡滿了。從現在開始，她可以正式考慮這些事，籌畫這一切了。過去想起這些來，總覺得太早、太遠。如今好了，登過記了，一切便可提上議事日程。首先，是房子。這聽小谷的好了，他願意在十四中就向十四中申請，他願在報社就向報社申請。反正兩頭都有房子，比起來，十四中的好一些。新婚的老師都有裡外兩間，就暫作裡外兩間的打算吧！裡面是臥室，外面作客廳。牆壁是粉刷還是油漆？聽說上海有一種貼牆布，一張一張像糊大字報似地糊上牆，很好看。她決定向上海看齊，只是不知道要多少錢，也許很貴哩。想到錢，她微微有些發愁。這幾年，她雖有一些積蓄，但一方面寄家裡，另一方面不斷添衣服，積蓄十分有限。小谷是個手鬆的人，從不懂得攢錢。這一年，由她管著兩人的工資，但小谷像個孩子一樣，動不動就伸手要錢，她不忍心讓他受屈，有求必應，結果還倒貼給了他一些。辦大事，兩人得好好商量才行呢！可是，很難和小谷商量什麼，他是百事不管的老爺。她苦笑了一下，怨自己把他寵壞了，又有一點兒得意，覺得自己對女婿眞賢慧。

走近三名齋，裡面傳出一股熱烘烘的油味，和吵吵嚷嚷的划拳聲。門口有兩個人在推推搡搡的，一個戴藍制服幹部帽的男的，正拉一個穿大紅格兒線呢褂子的女的進飯館，那女的不願意，儘往後縮，一下子撞到劉以萍身上，趕緊抹過臉來道歉。沒開口，眼睛卻睜圓了，叫了聲：

「劉以萍姊！」

劉以萍定神一看，那姑娘卻是小鳳丫頭，她險些兒沒認出來。也難怪，小鳳今兒打扮得很俏：紅格格褂子，藍卡其制服褲子，自己做的黑布鞋，露出穿白線襪子的腳面，兩根大辮子油光水滑，劉海兒齊齊地搭在眉毛上，臉兒紅撲撲的像朵花。那男的站到遠處去了，可劉以萍仍然認出了那是小拽子，今天也穿得山青水綠的。

「怎麼跑這麼遠來了？」劉以萍奇怪地問。

「收完秋了，得了不少錢，俺兩家要俺倆辦了。」小鳳臉更紅了，像雞冠花，又忍不住要樂，嘴角兒直往上揪，「讓咱們來玩兩天，照相，買衣服。我們正想去找你呢，你媽捎了一包大蒜瓣。」

「是嗎？那你們在這幹啥？拉拉扯扯的，人以爲這兩人在打架呢！城裡人不興打架，可稀罕！」

「拽子哥眞壞，非拉我下館子，俺不去。大閨女下館子像啥？俺不去。」這個潑潑辣辣的姑娘，在鄉裡敢下河敢上樹，今兒說話輕聲輕氣的，膽膽怯怯。跑到城裡，活像童養媳進了婆家。

「這有啥？在城裡才不問這些。咱們一起去，走，拽子！」她拉著小鳳朝拽子喊。

拽子一臉彆扭，走過去不好，不走過去也不好。他見了劉以萍，心裡怦怦地亂跳，像打鼓一樣。倒不是還在念著她，他現在有了小鳳，小鳳丫頭聰敏、活潑，比自己小好幾歲。沒曾想那麼有心機，有情意，非跟定自己，他幸福得很。他心跳，就只爲了彆扭。吹了台的對象，臉碰臉見了都不打招呼，哪兒有一塊兒下館子的。可劉以萍在那邊叫哩！他又想，興許人家是大學生，進城那麼些年，心寬了。這樁事在人家看來只是芝麻粒兒，早不擱在心上。人家那是大作派，自己也就甭小家子氣了。他想到這裡，就把帽簷拉低一點兒，紅紅臉走了過去。

小鳳也不自在，可被劉俠子拽著，也掙不脫。再說，這會子願意下館子的是兩個人了，少數服從多數。好在，有劉以萍陪著，不怕了。他們倆都因爲有了劉俠子，心裡放定了些。長這麼大頭一回進這麼大個城，早把他們看得眼花撩亂。幹什麼都摸不著門，上哪兒都得繞彎子。這會兒，劉俠子跑來跑去，點菜，開票，吆喝服務員，頭頭是道。他們能吃現成飯了。

劉以萍乍一見這兩人時，很意外，意外之餘有點兒不高興，似乎他們闖進這裡來，很冒昧，很不應當。可是看到他們那膽膽怯怯、土頭土腦的樣兒，不由地又高興起來。覺得自己有責任給予他們指點，幫助他們開眼界。這會兒，她的情緒很振奮。爲了讓大家知道城裡的飯食，多點了好幾個菜：木樨肉，糖醋魚，炒腰花……爲了表示自己的熟悉與不拘束，多跑了不少路！到廚房催菜，到帳台借電話打到社裡說下午要晚到，還跑了一次飯館的廁所。

可是付錢時，拽子非要搶先，弄得她又生氣又掃興。她覺得自己的權利被侵犯了，不肯讓步：

「這算啥？我請你們，我是主人。」

「上你那報社你是主人，在這三名齋，我是主人。」拽子也不讓步，口氣大得很。

「我拿工資，我來付。」

「我有錢。」他刷刷地從兜裡抽出兩張五塊的票子，服務員眼皮子抬都不抬，收了進去，又冷冷地撂出一句話：

「一斤糧票。」

拽子傻眼了。劉以萍掏出了糧票，微笑了一下，自尊心得到了補償。

「劉以萍姊，你別和他爭。」小鳳笑著說，「他可闊了。」

「拾到金子啦？」劉以萍打趣。

「還眞是拾的，從地裡拾的。」拽子說，很有幾分得意。

「今年分地到戶，家家都玩命了，一下子都發了。」小鳳搶著說話，把板凳坐熱了，開始放肆起來。

「說話小聲點，這不是在南湖。」劉以萍忍不住說她了。

小鳳吐了一下舌頭：「從沒打地裡收起過這麼多，你爹沒寫信和你說嗎？」

「說了。」前不久，爹是來了封信，說家裡過好了。只是沒料想好得這麼快，好得不打嗝愣就甩出十元錢。

「劉以萍，你看，我買的東西好不好？」小鳳把一個包裹放在膝蓋上，快手快腳地打開了：

天藍色的毛線，印花的燈草絨，中長纖維的格子褂，居然還有一塊純滌綸。

「他家給了二百元錢，給做衣服的。」她小聲說，甜蜜地笑了。她打心眼兒裡滿意自己的女婿。這神情不由地叫劉以萍有點起醋意，心想：你女婿還是我不要了的呢！這麼一想，又平靜了。她翻看著小鳳的衣物，下著評語：

「買毛線還不如買現成的毛衣。現在，毛衣的樣子可多了，花兒也好看。燈草絨也很多，有一種老虎皮花的，穿起來可洋氣了，就像件小皮大衣似的。中長纖維的東西只能穿一水，洗過就不挺了，純滌綸，很難找著人做，一般的裁縫都不敢接這活……」

小鳳被她唬得直眨眼，停了半晌，低頭看看膝上如花似錦的一堆，又安心了。她滿意地笑笑，說：「我喜歡。」然後仔細地把東西收起，包好，牢牢地抱在懷裡再不肯鬆手了。

劉以萍有點沒趣，於是又安慰道：「在鄉裡穿穿就很好了。」

「劉以萍姊，你什麼時候辦哪？你爹說，結了婚讓你們到鄉裡去住幾天。你媽餵的豬可肥哩，就等你們回去呢。」

「日子，最後還沒定，總在過年前後吧。」話出口，她自己嚇了一跳，不知到時候能否兌現。反正，爭取吧！

「你們照相了嗎？」

「常照，自己照，有相機。」她怕小鳳要討照片看，趕緊要把話扯開。好在，服務員上菜了。

「劉以萍姊，你咋只吃那麼點飯，趕不上個小貓肚子！」小鳳又咋呼。

「我吃不多，就這點也算是多了。」劉以萍謙虛地說，掏出手絹把筷子橫擦豎擦。

「吃菜，吃菜！」拽子招呼著。因爲是他付的錢，他吃得很安心，很暢快。他一個勁兒地給小鳳夾菜，把小鳳的碗都堆尖了，

「你這叫人怎麼吃啊！」小鳳撒嬌了。

「一口一口吃。」

「我吃不下。」

「剩下的給我。」

「拽子哥，我要魚。」才過一會兒，她又叫，好像她自己沒長手似的。

劉以萍不由地看呆了，她從來不曾享受這般溫存。可她恍恍惚惚地想起很久很久以前，分明是也有過的。有一次，在坎子下挖地，歇息時，大家都坐在坎子上曬太陽。她和大業子的二哥大甩子逗嘴玩，逗著逗著動了手，大甩子把她從坎子上掀了下去，摔得很疼，她哭了起來。不知爲什麼，在場的沒一個人同情她，有的笑，有的嘖嘴：「還有個姑娘樣嗎？」只有他，就是這個拽子，在人背後悄悄遞給她一條毛巾，輕聲說：「洗洗臉去，摔哪兒了！要緊嗎？」可這時她早已不哭了，也不疼了，又嘻嘻哈哈的，只覺得他多此一舉。把毛巾一推，又找人瘋去了。不知怎麼，事隔多年，這會兒卻清清楚楚地想起來。可她不願去想，以爲這是一段極不重要而且不光彩的歷史。她認爲她眞正的生活，是從進城上學後開始的。

吃完飯，她主動提出帶他們去逛逛。小鳳卻說累了，不想逛。拽子趕緊說也不想逛，不過，倒想看一場電影。小鳳頓時來了精神，也嚷嚷著要看電影。劉以萍便帶領他們去新修的文化館。正趕上一場上下集的外國電影，買到了三張當場票。

走進電影院，小鳳東張張西望望，看個不夠，一會兒指著凹凸不平的牆壁問：「爲什麼泥成這樣？」一會兒指著「太平門」問是什麼意思？劉以萍回答不上來，只覺得問得可笑、無知，心下很瞧不起小鳳。沒等小鳳把所有的細部打量遍，詢問完，燈就暗了。在黑暗中，劉以萍感覺到小鳳的身子慢慢兒往拽子那邊偎過去，和她之間便空出大半個位兒，不由有點寂寥。

電影上出現男女接吻擁抱的鏡頭了，小鳳捂住眼，「咦唏咦唏」地直叫。劉以萍的臉也有些熱辣辣的，可她屏住氣，目不轉睛，毫不在乎，以示自己和小鳳的絕然不同。最後，女主人翁死了，小鳳唏唏溜溜地哭了。她鼻子也酸酸的，卻有意做出司空見慣的微笑，說：「傻丫頭，哭什麼？這是假的。」小鳳不理會她，還是掉淚兒。燈亮了，只見她兩個眼哭成桃了。拽子不時溫柔地看看她，好像受盡折磨的不是女主人公，而是他的小鳳。人很多，都爭先恐後地往外擠。拽子緊緊地挨在小鳳身邊，爲她擋著前後左右擠來的人流。不一會兒，劉以萍與他們分散了，落在很後面，遠遠地看見他們像個漩渦似地在人流中朝前轉著，就是擠不過去。他們只是相濡以沫，也不回頭關照劉以萍，她受了冷落，心裡涼涼的。

天色已近黃昏，拽子熱情地邀請她上他們借宿的親戚家去玩，劉以萍拒絕了。接過媽媽捎來的一包大蒜，一個人慢慢地往報社走。走了一段，又折回來，向十四中走去。這時，她特別特別地渴望得到溫存。這如今，她只能向小谷索取。可她並不相信小谷能給她什麼，小谷從來就只是從她這裡支取，從沒給予過什麼。說不準，她還要安慰他，哄他。她指望不了他，忽然感到說不出的疲倦，重又轉回了頭。

五

「小谷，向領導申請房子吧？」劉以萍瞅著小谷高興，趁機與他商量。

「還早呢！」小谷將這看作極遙遠的事。他與劉以萍的戀愛，從一開始就感到很遙遠，很迷茫。以爲是永遠走不到那實現的一天。就好像在田野裡走路，遠遠地看見了青山，卻永遠也走不近去。他不要走近去。

「早申請晚申請，終究要申請的。」劉以萍鼓動他，一個勁兒地把他往前推，推得更近一些。正與小谷相反，從頭一天起，她就在具體地描繪前景。

「最近沒空呢，都傳說工農兵大學生要考核。」小谷推托。

「寫個申請又不費事，寫一張紙不就行了？」

「你寫吧。」小谷凡事都往她身上推。

劉以萍想了一想，同意了：「好，我寫，簽你的名。」

她回去熬了大半夜，寫滿了大半張紙，第二天來找小谷簽字了。小谷簽得很麻利，龍飛鳳舞似的三個大字：谷啓亮。自打登記以後，他知道了，簽名並沒什麼大不了的，也許世界上根本沒有一錘子的買賣。萬事都可糾正。想想，定了二十年的右派都有一朝平反。他感到做人很輕鬆。

申請送上去了，領導上果然給了一套間。有了自己的房子，小谷很高興，起勁了一陣子。憧憬著如何裝飾，如何布置，可想像一深入，發現刷牆、買家具要錢又要力，他煩了，將想像草草收拾起來，仍然回到一張單人床加上一張亂七八糟的書桌的現實世界裡。由劉以萍獨自個兒邁出第二步。

「咱們登記的事告訴家裡大人了嗎？」他家裡只有一個老父親，見過劉以萍的照片，來信誇過，說這姑娘忠厚老實，看上去也勤勞能幹，十分贊成。

「忙什麼？」小谷又往後縮。他不忙著落實，他就喜歡這麼虛虛實實，眞眞假假，他懼怕實際的生活。天曉得當初他怎麼上的大學，一個公社才攤二三個的名額竟會落到他的手裡。瞎貓碰到了死老鼠。

「早告訴他老人家，讓他放心嘛。」劉以萍喜歡椿椿事情都明明白白，實實在在，看得見，摸得著，這樣才能安心。

「忙呢，都說要考試。」

「考狀元也礙不著寫家書哪！」

「你寫吧，簽咱兩人的名。」他主動提出簽名，簽名這回事眞好。既不用花多少力氣，又能辦成事。

當然，吃力的是劉以萍，她又熬了大半夜。信寄走了，不過兩個星期，便收到了回信和五百元匯款。見到錢，小谷很高興，立刻開了一張單子，計畫著買席夢思床，四面玻璃的裝飾櫃，人造革的沙發，枝形的吊燈……他以爲五百元能在一夜之間生利，生息，變本，再生利，生息。當發現五百元買不了幾件東西時，他灰心了，連這五百元都看不上眼了。

然而，這對於劉以萍卻是個大數字，她從來還沒摸過這麼厚的一沓錢呢！從小就看著大人如何把一分錢掰成兩分使。她常常蹲在雞窩門口等下蛋，蛋沒落下地就接在她手裡，然後心裡就踏實了，鹽、醬油、弟弟要的橡皮，有了著落。她知道一分錢的潛力是無窮無盡的。她開始奔忙起來，買到一套極便宜的白坯家具，請了兩個熟人打蠟克，油漆，連同酒飯、菸錢，一共才二百元，一套油光閃亮的家具便立在屋裡了。她幾乎天天抽空跑布店，買減價的零頭料子，自己做衣服。她託人到上海去買床上用品，買最便宜的，只要標著上海，價值自然就昂貴了。她還求社裡的美術編輯畫了一幅國畫，一朵碩大而彤紅的牡丹。

她把自己的衣服收拾起兩個箱子，準備搬到小谷那邊去。她本想讓小谷來，再請個熟人，一起鄭重其事地搬過去，這是她的嫁妝哪！可小谷卻不願費那事，說還是她分期分批化整爲零地捎過來，她不是每天都要過去嗎？這很掃興。可是她慢慢地也覺出了這樣做的好處。每次，她帶著一包東西過去時，總對至今尚沒對象的小邵說：「唉，眞麻煩！結婚這事怎麼這麼麻煩！」或是說：「難道每個人必要結婚不可嗎？我眞羨慕你，一個人乾乾淨淨的。」越往後她越覺出其中的樂趣。於是把包兒越分越小，本可以五次帶完的，她滴滴答答帶了十次才勉強捎乾淨。東西帶完了，那興趣卻一發不可收拾，從此她逢人必說關於人生、關於婚姻的種種感慨，談她的未婚夫，談他們的將來。開始人們還有興趣，時間一長，不免有些索然。

一個家，總算建成了。雖及不上她夢寐以求的那樣華麗，總帶著那麼點她想擺脫卻擺不脫的「鄉氣」，可同她出生成長的那個鄉裡的家比起來，卻是天差地別了。她有事沒事就往那裡跑，開著立燈，坐在沙發上打毛線，拉開五斗櫥抽屜，反來復去地整理東西，在大衣櫥鏡子前從各個可見的角度打量自己。她眞想立刻住過來，可是小谷閉口不提結婚最後的正式落實。她很急，又不好開口。她們鄉裡的規矩，結婚要由男方提出，而且要一而再、再而三地懇求；而女方，則遲遲不予答覆，最後最後，實在無路可走，無法拒絕，才無可奈何地被迫答應。臨出嫁前，要哭，賴著不走。哭得越傷心，賴得越堅決，身分越高。劉以萍等著小谷開口，而小谷卻像怕見劉以萍似的，總是藉故躲她，不和她單獨在一起，似乎怕她先開口提結婚。他怕結婚。他老覺得，和劉以萍結婚是一樁可笑的事，一樁不眞實的事。臨到這會兒，他發現自己其實並不喜歡她，甚至，有些討厭她。可是他又下不了決心離開她。他清楚自己在劉以萍心目中的價值，知道她少他不得，他很得意。他可以擺架子，他的虛榮心得到了滿足，這是一種極大的享受，他捨棄不了這種享受。而且，要毅然與她一刀兩斷是樁大事，他獨自一個是做不了這樁大事的，他沒這個決斷和力量。在生活中，他永遠只能處在被動的地位。他需要對方的配合。因此有時他常常希望劉以萍和他吵，和他鬧。於是，他一見到劉以萍，就繃緊了臉，好像他們不是愛人，而是仇人似的。無奈劉以萍總是小心翼翼，像個僕人似地百般曲奉，叫他無法吵鬧起來。他和劉以萍一樣地發愁，發急。

劉以萍每時每刻都在等他開口，等過「十一」等元旦，等過元旦等春節，到了大年初一，小谷卻絲毫沒有要求結婚的意思。劉以萍認為再也不能等了，她迂迴著開口了：

「聽醫生說，現在產院裡難產特別多，都是結婚太晚，年齡大了的緣故。」

「剖腹產就是了。」小谷很快地解決了問題。

「醫生還說，太晚生孩子容易生呆子。」

「不生不就得了？」小谷也很圓滿地解決了。

「沒個孩子還像個家？」

「這倒也是。」小谷承認了。

「一個家，總要有人。」她從孩子引伸到廣義的人。

「當然。」

她靜等了一會，不聽回響，便直截了當地說：「咱們結婚了吧！」

「結婚！」小谷吃了一驚。

「你父親信上讓咱們早辦，我家裡也讓咱們快結婚。」

「太早了吧！」

「不早了。」劉以萍眞正地急起來，眼淚掉了下來，她感到一陣說不出來的屈辱，「我會對你好的，我會把家安排好的。」

小谷怕她的眼淚，趕緊點頭了。心裡卻如同作夢似的不知怎麼了。他自己也沒意識到，他實質上把她當作一堵牆，全身放鬆地靠在上面，一旦這牆呈現出脆弱，他便慌了。

日子定在五月一日。在鄉裡，這不是個結婚日子，可正因爲這個，劉以萍才選定這個日子的。地點呢，定在劉莊。其實，在市裡辦了，再一起去劉莊住幾天是最合適不過了，而且小谷並不是倒插門女婿，到女方家結婚，不合鄉裡風俗。同樣，也正因爲這個，劉以萍才這麼安排。她決心讓婚禮在鄉裡舉行。好在，小谷無所謂，他什麼都無所謂。

日子定了，劉以萍重又快活起來，逢人便說，不過一週，全報社、全大院都知道她將於五月一日結婚。單位裡決定湊分子，送她一點賀禮，錢齊了，就交給小邵去辦。小邵是個極懂事極細心的人，考慮到劉以萍家在農村，經濟比較緊，送什麼賀禮都不如送錢實惠。便對劉以萍說：「不知道你喜歡什麼，想來想去，還是把錢給你，你自己買吧。」說著就把一封紅紙包遞給她，這也是尊鄉裡風俗而弄的。

劉以萍本已伸出手要接，可轉念一想：單位裡旁人結婚均是送紀念性的實物，爲何直接給我錢？送錢是農村的習慣，他們該不是嘲笑我窮，嘲笑我是農村人吧！她的神經在這一點上特別的敏感。不能怪她。一上來和城裡人打交道，她就學會疑神疑鬼了。剛進大學，她們那個宿舍恰恰只有她一個農村姑娘，誰都不願和她挨著鋪，後來才知道別人疑心她身上有虱子。她這根神經不斷受到磨練，硬是給練出了靈敏度。想到這裡她又縮回了手，不自然地笑笑說：「同志們送禮本來是爲了慶賀。有什麼能比紀念品更寶貴呢？」

小邵收回錢，嘆了口氣。只能上街買了一塊匾——一面歪曲人的鏡子，下方一對鴛鴦戲水，上方寫著：祝谷啓亮同志，劉以萍同志攜手並肩，繼續革命。

劉以萍在報社是個可有可無的角色，即使最忙的時候，她也總是悠閒的。她在人前總自覺得很不如，而這幾天，她的自我感覺陡然升高了。走來走去，總高高地昂著頭，異常的活躍。尤其是在那些年齡不小尚未成親的女同志面前，優越感特強。她一口一聲個「老大姊」，叫得人家躲都沒法躲。她見人就談小谷，談她如何懼怕結婚，又感嘆人生逃不過這一關。大家本和她無話可說，對她這些話題更無興趣。只有小邵，心裡有些了解她，知她是無法抑制興奮的心情，對她毫不識人情世故、毫不會掩飾自己，也覺得有點可愛。有了這些指導思想，還能耐著性子聽她嘮叨。於是她加倍地滔滔不絕起來，小邵便開始想著法兒躲了。吃過晚飯，小邵收拾起筆記本稿紙準備到辦公室去寫東西，劉以萍趕緊把門關上：

「你再待一會兒。」

「我一會兒也不能待了。」小邵簡直在哀求。

「一會兒都不行嗎？」她的眼光頓時黯淡了。

「不行。」小邵柔聲說，趕緊走了，她覺得自己簡直是殘忍的。晚上，回到房間，見自己晾的衣服都收回摺好，暖壺裡打滿了水，連被子也整整齊齊鋪好了。這都是劉以萍幹的，她知好歹，小邵能聽她傾訴，她打心底裡感激。小邵決定下次一定滿足她，可真到了下次，她又實在地後悔起來。劉以萍雖不用可憐了，小邵卻著著實實地可憐起自己來了——強忍著瞌睡，一大攤事推在一邊，聽著她無休止地聒噪，還要不時地作出相應的回響。唉，每個人都是一場悲劇。

到了春暖花開的四月，婚期逼近了。劉以萍開始考慮為自己請一位伴娘。雖說在娘家辦，但按規矩總該有一位陪新娘的。她考慮著在單位裡請一個，而且要請一個洋乎的，這樣，才能對得上她的身分。為了保險起見，她決定請二至三名，萬一到時候這個有事不能去，那個還能去。要能一塊去，不更顯得隆重，更顯得不一般。她選定了搞收發的汪蕾，打字員高安安和小邵。小邵很抱歉，因為五一她要回家探親。她特地把探親假留到五一，為了和全家一起去廬山，這是他們家十幾年的心願了。汪蕾和高安安倒都答應了，她倆二十二三歲，正是貪玩的時候，以為這和遊山逛景差不多。

可是，臨了只有一星期就到五一的時候，這兩個姑娘不知受了哪個混帳的攛掇，說那裡是怎麼苦，夜裡沒有燈，睡光涼蓆，頓頓芋乾子，餐餐大蒜瓣，又正是「麥子揚花，蛇蚤動把抓」的時節，跳蚤多得能吃人，說不準還有虱子。那地方又如何背，見來了兩洋鳥，得像看動物一樣死瞅。她們打退堂鼓了，一個說，正來例假，另一個說家裡有急事，總之，一個也不能去了。劉以萍真抓了瞎，傻了，一晚上翻來覆去沒睡好！一幕輝煌的重場戲，少了主要的配角兒，遜色太多了。難道就讓那些穿黑燈芯絨大襟襻的大嫂子，或是乳臭未乾的黃毛丫頭作伴娘？這和小鳳的婚禮有什麼兩樣了呢？不，不，她一生中就這麼一回露臉兒的事，絕不能讓人覺得寒磣。早上起來，她眼睛旁邊圍了個黑圈兒，眼角的皺紋也顯了出來，小邵看不下去了，決定幫她物色一個。她找來剛從師專美術系畢業分來的于小欣，對她說：「我介紹你去一個別有風味的地方寫生，有興趣嗎？」

小姑娘點點頭。

然後，小邵便婉轉地將這項艱鉅任務交付給了她，本擔心小欣會拒絕，哪知她卻是十分踴躍。她樂得很，馬上去找劉以萍，向她報到。劉以萍這才一塊石頭落了地，高興了。

高興了兩天，又出來一樁事，工農兵學員考核的規定正式下達了。隨著大道消息，小道新聞紛紜而起：有的說考好考壞沒事；有的說考過之後按成績重新分配；有的說考不好，在從哪兒來退哪兒去……搞得人惶惶不可終日。小谷非要考過之後才結婚，否則心神不定，影響情緒。劉以萍也很慌張，怕的是最後一條。但十幾年的耳聞目睹告訴她，城鄉的戶口之間，有一道鴻溝，不是那麼容易逾越的。要是在城裡成了親，安了家，就穩了。像栽一棵樹，上面發一棵杈，下面就扎一條筋。只要根子扎深，就再難退回哪兒去了。因此，她更急著要結婚了。

她的態度從未有過的強硬，而小谷其實並非那麼熱中地擁護考試，只不過是個藉口，不想結婚罷了。最後，仍是按既定方針執行。

四月三十日，一大早，小欣就跑到劉以萍窗下：「開路吧！」

劉以萍迎出門，不由地怔住了，小欣身穿大紅尼龍的旅行服，一條牛仔褲緊緊繃著，腰至小腿的曲線一覽無餘，腳上一雙藍白網球鞋，微微鬈曲的長髮在腦後馬馬虎虎紮成一束，隨手扣了頂窄邊的白帆布遮陽帽，肩上背著畫板，挺挺地站在那裡，像一棵生氣勃勃正抽芽發綠的水衫樹。劉以萍愣愣地看著她，好像來到了太強的陽光下，不由微微地瞇起了眼。

「開路吧！」她催促著，比新娘子本人還興奮、起勁。

「你——」她猶豫著，「你這麼一身，到了農村，怕……」

「要受到圍觀？我怕這！」小欣滿不在乎。

「入鄉隨俗，你換一換吧。」她央求小欣。

「那你怎麼穿這麼好看？」小欣不服氣地打量她。劉以萍穿得確很漂亮。上身是桔紅色的兩用衫，鑲花邊的白襯領翻在西裝領上，一條筆挺的米色直統褲，一雙奶油色皮鞋。新燙的髮一絲不苟，一對銀色的夾子在黑髮裡閃爍，臉上淡淡地搽了點胭脂和唇膏。

「我……」劉以萍眞不知怎麼和她說才好，憋了半天，脫口而出道：「我作新娘子！」

「喲，稀奇死了！」小欣格格笑著，到底跑回去換衣服了。五分鐘以後，她就跑了回來，換了件鐵灰色的布上衣，白遮陽帽換了頂大草帽，其他照舊，但也實在無可再糾正了。果然，不那麼光彩照人了，但那股子青春的活力依然抑制不住地勃發著。她很美，是天然的，青春的。劉以萍的心情有點黯淡，自己費了九牛二虎之力才達到的水平，有的人，比如小欣，卻輕輕巧巧，不費力地就超過了，她不知道這裡有什麼奧妙，只覺得自己似乎白費了許多勁。也許一切都是注定的吧，她心裡充滿了宿命的感覺。

小欣邁著兩條長腿，一會兒走到她前面去了，就停下來在原地換著腳等她。等她到了，一起走了沒幾步，又跑到前面去了。這麼走走停停，停停走走地到了十四中。

小谷懶洋洋地躺在沙發裡，一副聽天由命的神氣。見她來，抬抬手腕看看錶，說：「走嗎？」好像對今天的活動還有什麼懷疑，還要考慮似的。

「你不舒服？」劉以萍擔憂地問，她從心底裡怕小谷今天再出什麼事故。明明是兩個人的事，他卻一點不配合。

「沒不舒服。」他看見了小欣，站起身朝她伸出巴掌要握手，「你好！」

小欣卻背著手，看著他攤開的巴掌，調皮地說：「應該等女士先伸手，沒禮貌。」

小谷笑了，抬起手撓了撓頭，他精神好了一點。

他們一行三人，走向長途汽車站。小欣仍然控制不住速度，走走，等等，還大聲叫：「喂，快呀！小谷你這個男子漢也這麼慢吞吞，活像個老太婆！」

小谷被她激得不好意思了，只得加快腳步。可又不好丟下劉以萍。向前趕兩步，又回頭望望。於是三個人分成了三撥，一個在前，一個在後，另一個在中間進兩步，退一步。

這是個好天，風很暖，太陽很溫柔。

六

棉花地裡，老子帶著兒子補苗。半大小子直起腰，指著壩子上走著的三個人：「看，三個洋人！」沒嚷完，脖頸後頭挨了結結實實一巴掌：

「就你眼尖，別偷懶！」

秫秫地裡，大業子一家在鋤苗。大業子一眼瞅準了那三個人，用變過了聲的渾厚有力的嗓音說：「俺娘，瞧，劉俠子，那男人準是她女婿。」他娘只瞥了一眼：「可不。幹活吧！」

村西頭菜地裡，一個小姊妹澆著菜一抬頭，看見了劉俠子，和姊姊議論：「她的鞋，咋沒歪了腳脖。」姊姊解釋不了：「幹你的！少廢話。賣了菜咱買雙穿著試試。」扁擔在她肩上吱吜吜亂叫喚。

小鳳子給南湖澆麥的拽子送飯，告訴他，劉以萍回來了，穿得個畫上的仙女似的。拽子說，收了麥子，給你做一身王母娘娘的繡袍。風吹麥子，能聽到那嘶嘶的灌漿聲。

人們，三三兩兩地在各自的土地上耕作，聽不見呼喊，聽不見歌聲，顯得很寂寥。然而走過去，走近每一個人，走遍每一塊地，你會感覺到在地的深處，人的內心，有一股熱騰騰的力量，人力和地力。人，連自己都不明白，怎麼會有這麼大的勁，日裡幹，夜裡幹。或許因爲有了希望，收穫了果實，才捨得這麼下力。地，實在是通人情的，給它多少愛，它結多少果。人，本是站在地上，出生、成長、繁衍，就任他簡簡單單、樸樸素素地愛土地吧，爲什麼要期待他愛天國呢？讓他把希望植在地上吧，何苦要他寄託在雲端？即使將來有一天要上天堂，也需從地下升起雲梯。

劉以萍帶著女婿、伴娘，走進村莊。大劉莊，緘默地迎接了他們。家裡鎖著門，一眼看去，村裡沒一個人。走來幾個放學的小學生，劉以萍命令道：「丫頭，幫我上湖裡叫俺娘一聲，說我回來了。」

「你自己去叫，我們還要放羊呢！」他們匆匆地跑了。

劉以萍氣得了不得，罵道：「小崽子，懶死你。」

小欣說：「咱們就坐這兒吧！我上那邊去畫張水彩，那塊油菜花極好。」

「我也去。」小谷說。今天他的興致挺好，脾氣很和順。長途汽車上沒座兒，站了一路，他也沒怨言。

劉以萍默默地看著他們走遠，疲憊地在大槐樹下的石凳坐下，她可是累了。她在心裡籌畫憧憬了多少日的這一天，來到了。卻和想像中的完全不一樣。她說不上來是怎麼回事，反正覺得有點莫名其妙。

「俠子！俠子！」有人叫她，是娘來了，提著鋤，手裡還抓了一把柴禾，一定是一路走一路拾來的。她匆匆忙忙地走來，一邊把鑰匙丟給她，一邊提起柴禾進了鍋屋。

「啥時候到的？」鍋屋裡傳出娘的聲音，隨著，煙囪裡就噴出一團白煙。

「來了好久了。」劉以萍想發脾氣，「都上哪兒去了？」

「在地裡哪！忙著呢！如今，收好收壞，收多收少，全是自己的事了。瞧今年的架勢，比去年秋天強多了。」母親大聲說，聲音是嘶啞的，很疲憊，卻興致勃勃：「你女婿呢？」

「娘，別叫女婿女婿的，眞難聽，叫愛人！」

「唏唏，娘老了，拗不過來了。」

劉以萍開了門，進了屋。發現屋裡變了點樣。首先，每張床上都鋪了線毯，牆上貼滿了年畫，十分熱鬧。

「老姑！」姪子來了，跑到東屋，把花布簾子一揭，「奶奶給你做的新房，才好看。」

雖是臨時的新房，可也盡心下力了。屋裡有股六六六的氣味，牆刷得雪白，地上新鋪的土，壓得很平，床上鋪著印著鳳凰的床單，一床大紅被子，三屜桌上放著一對鐵殼熱水瓶，還有一面菱花形的鏡子。牆上貼著大胖娃娃的年畫。

「還行嗎？」母親來了，笑得很歡，很得意。

「被面、床單、枕套，咱們自己都帶了。」劉以萍說：「你去歇歇吧，我自己收拾。」

「大老遠的，還帶？家裡現在有了，這都是給你們置的。」母親嘀嘀咕咕地走了。

劉以萍歇了一口氣，從提兜裡掏出粉紅色大花圖案的床單，綢子被面，特立綸繡花枕頭，一一安置好。掛上帳屏，鋪上桌布，將得百花獎的女演員畫片換下大娃娃年畫，然後退到門口，慢慢地從左到右搖過去看了一遍。滿意地走到南窗下，拿出一束塑料花要插瓶。無意中一抬頭，她怔住了：方方正正的南窗，框出一塊屏幕，小谷和小欣嘻嘻哈哈地走來，身後是一片金黃的油菜花。他們倆站在一塊，顯得很美，很協調，她試圖將小欣換上自己，卻怎麼也構不好這幅圖景了。她的心裡空落落的，空得往上飄。

天，擦黑擦黑，父親、哥哥、嫂嫂、弟弟才往家走。他們忽然對土地有了這麼深的戀情，甚至帶了一種狂熱，恨不得搬地裡睡才好。爹有些抱歉地說：「你們該和我商量一下，這日子定得不合適。地裡正忙著，大辦也是辦不起來的。我和你媽商量了一下，明晚上，就請幾家親戚，治兩桌子菜。好在你們城裡人也不講究這些。辦過了，你們待得慣，就多待幾天，你媽想你得很，也頭一回見你女婿。要實在待不慣，也不硬留你們了。你們看看，怎麼？」

「行！」小谷很爽快，「看到你們老人家就滿足了，怎麼辦都行，我不在乎。」

「你呢？」爹問閨女。

「我隨他。」劉俠子悶悶地說。

婚禮，就這麼辦了，雖不轟轟烈烈，倒也十分熱鬧。帶來的二十斤糖塊被搶了個精光。新房鬧得很熱火，本指望小欣這個伴娘來幫著解圍，不曾想她倒領頭出鬼點子整人，一會兒要新郎新娘表演二重唱，一會兒吊起一粒糖要他倆去搆。一直鬧到午夜。

劉以萍卻總提不起勁，連她自己也很爲之苦惱。這次回鄉，她寄希望最多的是姊妹們的包圍。她願意被人們包圍著、羨慕著，甚至些許妒忌著。她帶來了好幾身衣服，而且還帶來了她最大的驕傲——城裡的女婿。人們確也包圍了一陣子，也熱心地參觀了她的衣箱，說了不少讚嘆話，但比起她所期待的，卻冷清了許多。人們的興趣似乎都轉移到小欣那裡。他們愛看小欣畫畫，小欣也很賣弄，五分鐘給一個人畫張像，還帶彩。喜得他們到處宣傳，嚷得鄰村都知道了，那天，從馮井子來了一大家子，要畫「全家像」。最令人失望的是，他們並不那麼欣賞小谷，甚至當著面笑話他的眼鏡，他的弱不禁風，稱他為「猴子女婿」，「眼鏡女婿」，「洋女婿」。出乎她意料之外的是，小谷表現很好，識大體，顧大局，樂樂呵呵，聽著別人嘲笑也不動氣，大家本來也沒惡意。因此，雖得不到多少稱讚，卻得了不少好感，包括老丈人。只是晚上當客人都退了以後，只剩下他們兩口子單獨在一起，本來該是最甜蜜溫柔的時刻，他反倒顯得百無聊賴。

劉以萍的心老是飄飄忽忽，上抓不住天，下搆不著地。結婚了，到達目的地了，她卻覺得目的地忽地一下遠了，很遠，朦朦朧朧，模模糊糊，她看不清前景，看不清，她破天荒地變得沉默了。小谷從未見過她這麼鬱悶，不由也有點擔心。

「你怎麼了？不舒服？」他空前地表示慰問。

「有一點。」她說。

「這裡有醫院嗎？去看看。」

「醫生不管用。」

「那怎麼辦呢？」他眞心地發愁了，他並不壞，只不過有點輕浮。

「不要緊，」她微笑了一下，「去玩吧，回去上班了就玩不痛快了。」

「好的。」他站起身，走到門口，又轉過臉，「要眞難受厲害了，就來叫我，我去找好醫生。」

「去吧。」她說。她曾經是非常渴望得到他的體貼，今天得了，卻明明白白地覺著，這不是夫妻之間的體貼，倒更像是一個弟弟對姊姊的。

父親有一雙識雲辨霧的慧眼，瞅了這麼三五天，對老閨女說：「你這女婿……」

「是愛人！」母親糾正道。

「怎麼說都管。」劉以萍無精打采地說。

「你這女婿——」父親不受干擾，繼續說，「人樣顯小，身子單薄，我看，過日子也許幫不了你什麼。你自己得顧著自己。」

劉以萍眼圈紅了。

「過日子，還是要務實際，別圖花花稍稍的。」父親囑咐，「這話不該我和你說，你不小了，讀過大學，又有見識。可是不說吧，心裡也放不下。」

「我聽哩，爹。」劉以萍用力點著頭。

「好好幹工作，好好過日子。別記掛家裡，家裡這兩年行了，不用捎錢了。」

「就是，」母親插嘴，「也不知咋的，前幾年窮吧，倒不想你，老覺得你在外過好日子，登天堂了。這兩年富了，卻覺著你在外孤零零的一個人，反倒擱不下了。」

劉以萍的眼淚落了下來，她感覺到了家庭的溫暖，想到父母已年高，自己長年在外，沒能好好孝敬。這幾年，放棄了好幾回探親假，來了吧也是匆匆忙忙，住不滿十天就拔腿。這一結婚，探親假沒了，想在家多住也沒得住了。心中很是歉疚。她決定安下心來，住滿假期，並且，幫助家裡幹點活。

中午，她看見爸爸背著一二十斤的噴霧器，頂著熱辣辣的日頭，下棉花地打藥。她奪過噴霧器，要替父親去。憑著一股子熱勁兒，登登地來到棉花地裡，順著風向，從東到西打了兩趟。奇怪的是，藥水少了，噴霧器卻越來越重，皮揹帶漸漸地陷進肩上的肉裡，割得生疼生疼。整個肩膀在往下塌，帶著胳膊也舉不起來了。正午的太陽，烤得她背上像燒著了一盆火，腳底像踩在熱鍋上。開始，汗珠只是慢慢地順著草帽帶子流到脖子裡，後來，便是從額上一排一排地往下瀉了。她的眼睛模糊了，看什麼都看不清了，只能夠機械地朝前走，走到頭，回來，再朝前走。

「劉以萍！」有人在叫她，「你的藥水打完了。」

她如夢初醒似地抬起頭來，見棉花地邊上站著拽子。

「你的藥水完了，該灌了。」

她低頭一瞧，果然，噴筒不再噴藥。她朝地頭藥筒走去，一邊問：「才回家吃飯？」

「嗯哪！」他邁開腳步順著棉花地朝家走。

「你們太苦了。」

「苦倒不怕，有個盼頭就行。」拽子沉沉地說。

「有啥盼頭？」劉以萍從鼻子裡輕輕哼了一聲。

「盼著我兒子出世。我兒子那時候，用棍子往城裡趕都趕不走。」他火辣辣地看了她一眼，加快步子往前走了。

劉以萍望著他一步步走遠，懶洋洋地灌著農藥，灌滿了一藥筒，卻再也背不上肩了。她的胳膊直發顫，肩膀疼得像刀剮。不是每個人都能吃這般苦的。

儘管下了決心，要住滿假期。然而，世界上大多數事情都不以主觀意志爲轉移。她身上被跳蚤咬得一片一片，吃食不衛生，又鬧起肚子來。而小谷和小欣，早因爲水土不服，長了一身的疙瘩，奇癢難熬，不免用手去抓，抓破了便淌水、灌膿，狼狽不堪。小欣決定先回去了，本來嘛，她的任務已經完成。小谷也一心想回去，就看劉以萍的了。她心裡十分猶豫，話已說出口，再收回也不好。母親眼巴巴地希望自己多住些日子，但是，這日子卻是越來越覺著難過了。每一天都過得不容易，七八條毛巾在一盆水裡洗臉，飯桌上的蠅子趕也趕不走，大溝裡，洗衣服一不小心就把底下的黃泥攪起來，晚上，那跳蚤蹦得人翻來覆去地窮折騰。她的皮膚黃了，臉盤兒瘦了，人，沒精打采的，飯，吃得越來越少。母親不忍留她了：

「俠子，你們兩口子同小欣一起走吧。人多路上互相有個照應。」

「不，我不走。」劉以萍堅持著。

母親不說話了，到了吃飯時候，見閨女望著菜盤子直皺眉頭，不下筷子，不由嘆了口氣。

「別死撐了，俠子，你在城裡住慣了。」

「不，媽！」劉以萍軟弱地反駁著。

「媽看著你完了大事就心安了，回去吧。」

她不作聲了。

她開始收拾東西：把繡著並蒂蓮的帳屏解下來，被面拆掉，枕套、桌布、塑料花，一件件收拾好，放進提兜，最後，將百花獎獲獎者的女演員畫片捲了起來。屋子裡頓時冷清了許多，黯淡了許多。劉以萍的心裡也變得冷清、黯淡了。終身大事就這麼辦了，今後，便要開始漫長的生活。她看不到前景，不知道該期望著什麼。她忽然想起了拽子的話，心裡一亮。兒子，對了，她盼著快點生個兒子，她要給他報上戶口，一月領一份油糧煤炭，她要給他訂牛奶，做毛絨絨的連衣褲。她也要供他上大學，給他準備一份最像樣的行李，要有一只帶輪子的皮箱，最漂亮的床單、被子，誰都不敢瞧不起他，誰都要和他好，以和他接近爲榮幸，他會有很多女孩子追求他，爲追不上他而痛苦，他可以隨心所欲挑選最好的媳婦，他甚至可以出國留學……他要什麼，就有什麼，世界能有的幸福，他都該有。劉以萍輕輕地吐出一口長氣，心裡踏實了一些，也豁亮了一些。

早晨，太陽還沒升起，他們走了。像來的時候那樣，小欣遙遙領先，小谷趕前又顧後，十分忙碌，劉以萍不慌不忙地走在末尾。臨別時，母親哭了。這時，劉以萍方體會到一絲出嫁的惆悵。她說：「媽，你哭什麼，我們明年還要來的。」

「我知道你過不慣，來了也受罪，不來就不來吧，只要你們過得好。」

她走了，走了一段，回身望望。那三間屋已鎖上門，媽媽下地去了，院子裡靜悄悄的。她忽然看見院子當央地上，爬著一個光腚小女孩，在那裡逮螞蚱，看螞蟻搬家，抱著小花狗撒歡打滾——她在這裡出生，在這裡爬來爬去、滾來滾去地長大的。

她轉回頭，往前走了一段，走進大溝前的榆樹林。那裡走來一個小小的女孩子，背著一筐比她身子還高的草，壓得她直不起腰。她邁著兩條細細的麻稈似的腿，送去隊裡。這筐草值兩分，一分工值三分人民幣。——她在這裡，建立了她的勞動價值觀念。

穿過榆樹林，像似聽見一個小女孩的聲音：「拽子哥，你真好，我給你作媳婦兒。」

「做媳婦?你會啥。」

「我不會，我學，學燒鍋，學納鞋底，學生大胖兒子。」

——她最初的朦朧而純真的愛情，在這裡萌芽。

她走上壩子，太陽升起了，火紅火紅，映紅了天邊，襯著天邊的青青的芳草地，鮮豔無比。有個小姑娘在對早霞發愣，她想要做一件和太陽一般紅的褂子，一條青草一樣綠的裙子。——她在這裡，培養了她的美學標準。

她走走停停，停停走走，往日裡的一切都湧現在眼前，她不明白這是怎麼回事。她原是急著要走，要離開這個鬼地方，可又覺得這地方老在往後拽她。她鬧不清，只覺得心裡有點苦滋滋。

「快呀，要趕不上汽車了。」小谷回頭叫她，她急趕了兩步，又慢了下來，她追不上他們，小欣的兩條長腿像小鹿似的，小谷跟隨著她。劉以萍吐了口長氣，重又振作起來，加快腳步，努力追趕。汽車要開了，就又得等半天了。她急著回去。

棉花地裡，秫秫地裡，已抽穗灌漿的麥地裡，西井沿上，有人直腰喘氣時，看見壩子上有三個城裡人在趕路。後頭那個穿得花紅柳綠的女人，踩高蹺似地邁著兩隻高跟鞋，一邊走，一邊回頭。慢慢兒地遠了，沒了。

蜀道難

天色昏昏，過巫峽了。

高而陡的崖峭默默迎面而來。到了跟前，卻神奇地讓開，默默擦肩而過。回頭看，沒了來路；朝前看，也無去路。巫峽沉默地迎面而來，擦肩而去。

上

黑天黑水之間，霧氣在發亮。有一輪月亮，幾顆星星，許多許多燈光。人聲。

「冷嗎？」她朝他又貼近了一點。

「不冷。」他打了個哆嗦。

她轉過臉看看他，停住了腳步。她將他隨便搭著的圍巾在脖子上繞了一圈，然後緊緊地交疊在胸前，扣上大衣，壓住了圍巾。他看著她的額頭。昏黃的路燈下，額頭很光潔。

她把手插進他的大衣口袋，握住他的手，他的手很涼。

腳步落在石板路上，清脆的沓沓著。霧氣從黑天黑水之間瀰漫過來，清冷而潮濕。

「能不能走快一點？」她問。冷而濕的空氣浸透了大衣口袋，她手心對著他的手心，包住他的手，十個手指交叉著。她溫暖的五指貼住他的手背，他冰涼的五指貼住她的手背。

「能。」他回答。

她轉過臉看看他，停住了腳步，用另一隻手拿過了他另一隻手上的旅行箱。

月亮暗淡了，星星消失了。燈光和人聲，還有船。

「那是我們的船。」她抬了抬下巴。

「可不是。」他抬了抬空著的手。

「不，是那隻。」她糾正他。

沿著江邊，沿著霧氣，很寬闊的路。很多的人，沓沓地走著。到了入口處，突然阻滯了。扁擔橫七豎八地插在人群裡，包裹在人群頭上滾動。沿著江邊，沿著霧氣，仍有不斷的人沓沓地走來，阻滯在了這裡。

「等一會兒吧！」他說。

「不。」她說。

「我們何必和他們去擠，我們並沒有什麼事。」

「不。」她說。她擠進人群，把他拉了進來。前邊是一條扁擔，筆直地戳到了他的胸口。他只能牢牢地握住這扁擔，以此爲支點來抵抗身後的壓力。他握著扁擔的手顫抖起來，眼看著那扁擔就要像一把劍似地捅入他的胸膛，他是連退路也沒有了。他喘息起來，他再走不動了，可他必須要走。後邊的人不讓他不走，她不讓他不走。她的手插在他的口袋裡，握著他的手。他覺出了這隻手的粗糙，有一排硬硬的繭子。這隻手忽然狠狠地推了他一下，他失去了重心，不由地鬆開了扁擔。那扁擔從他胳膊邊上歪了過去。他站不住了，卻摔不下去，人群挾著他，她的手像一把鉗子一樣鉗住了他。入口通過，人群忽地膨脹開來，趁著慣性跑了起來。他跌撞了幾下，終於站住了腳，人群繞過他們跑去。

「歇一會兒吧。」他喘息道。

她看了看他，終於允諾了：「好。」

「船票呢？」他忽然想起了，大聲地問。

「在這裡呢？」她放下旅行箱，從口袋裡掏出票來。

「哦。」他吐出了一口長氣，接過票，仔細地看著這兩張硬紙片，上面粗糙地印著一些字。憑著這票便上船了，渡到彼岸，是否太簡單了些。他在想。

「走吧。」她拿過票來，仍然放進口袋。天白了，水白了，前邊是碼頭。

「好。」他同意走了。

上船的路，是一條一條窄木條排成的。江水在木條下翻滾。江水不是黑的，也不是白的，是濁綠的，像是走在一條一條的江水上，頭昏。

「別看腳下。」她囑咐道。

「好的。」他試著抬起頭看天。天，很遠，很高，無可依傍，腳軟。他又重新看腳下，一條一條濁綠的水從腳下過去。

「喂，看著我。」她搖搖他的手。

他抬起頭側過臉看她，她的額頭在晨曦裡顯得有些蒼白，依然光潔，離他很近。他看見那額角邊，沿著頭髮，有幾顆細細的粉刺。心裡踏實了一些。終於找著了依傍。一條條的綠水走完了，上船了。換票。

四等艙，十個床位，占了八個，只剩兩個上鋪了。幸而是挨在一起的，他的頭挨著她的頭。

「我累了。」他爬上床，床上只有一床墊褥，沒有毯子，也沒有枕頭，他便靠牆坐著。

他的下鋪坐著一個幹部模樣的男人，在抽菸。

「同志，您的枕頭和毯子在哪兒拿的？」她問他。

「拿著船票去那邊領，每人有一套。」他回答，口音是南京。

她出去了。

他坐在上鋪。人，從門口來來去去。一個小孩子扒著欄杆站著，對著江水吐唾沫。江水白茫茫，天色白茫茫。白天白水之間，水平線，不知是明著還是暗著。

她進來了，兩條毯子搭在肩上，一手抱著兩個枕頭，另一手托著四個肉包子。

扭。

「吃點東西吧？」

「不餓。想喝點湯湯水水的。」他看那包子，包子的形狀很奇怪，不方不圓，歪歪扭扭。

她把包子在床頭小櫃上放下，順手拉開櫃門看看，裡面是救生衣，滿滿的。她把兩個枕頭都放在他的床頭：

「把大衣脫了，躺下。」

他順從地脫了大衣，解下圍巾，躺下了。枕著兩只枕頭和兩條胳膊。

她坐在她的下鋪床沿，開始吃包子。床上躺著一個女孩子，臉朝裡。

小孩子扒著欄杆，對著江水吐唾沫。走過來一個小夥子，站在小孩子旁邊，拿起照相機對鏡頭。風吹起他風衣的一個角。他放下照相機，把手插進口袋，那片衣角壓住了。他走過去了，小孩子也走過去了。下鋪那南京人站起身，走到門口，倚著門站住，擋住了白天白水。

他移開視線。第一張雙層床的下鋪坐了一個婦女，抱了一個小小的女娃娃；上鋪放著一疊捆在一起的盒子，武漢特產；第二張雙層床鋪得很平整，領來的枕頭上各鋪了一塊自家帶著的花枕頭巾，有一只鮮紅鮮紅的旅行包，還有一把三摺頭的尼龍花傘；第三張床下，坐著她。她在吃包子，頭髮有些蓬亂，有些髒，受了潮，一股一股黏在一起，卻格外地黑了起來。沒有任何形狀，比短髮長，比長髮短，攔在耳朵後邊。削瘦的腮幫輕微而有力地嚼動著，然後，微微一伸脖子，嚥了下去。

廣播裡在說什麼，哇啦哇啦的。南京人從門口回來，從床上拿了什麼又出去了，她站了起來。

「食堂開早飯了，有麵條，我給你買一碗。」

「有湯嗎？只要湯就行了。」

她站在他的鋪前，拿起他的一隻手，搭他的脈，看自己的錶：「一，二，三，四，五，六，七，八，九，十……」

他看著她的眼睛，很大，形狀也好，睫毛很長，眼角卻有了皺紋，下眼瞼也有點鬆弛。

「三十八，三十九，四十，四十一。」她放開他的手，摸摸他的額頭，然後輕輕地拍了一下：「你是累了。」

她走了。進來一對年輕人，女孩子穿著大紅的開襟羊毛衣，裡面是高領的白毛衣，一肩蓬蓬鬆鬆的長髮。男孩子穿黑色皮夾克，琇琅架眼鏡。男孩子打開旅行包找什麼，女孩子將一面鏡子立在上鋪上，對著鏡子照。將頭髮攏到腦後，再把頭髮散在肩上：

「你說，哪樣好?」她問他。

「都好。」他說。

她反倒爲難，把頭髮攏到腦後，再散開在肩上。

然後，他們一起出去了。她進來了，端著一碗雞蛋湯，手心裡捏著一塊牌子。湯是用山芋粉勾的芡，黑而稠，雞蛋花滯在裡面，一動不動。胸口發堵。試著喝了一口，不曾料到，這般滾燙滾燙地直從胸口下去，像是燙開了一個出口，舒坦了一些。他感激地向她笑了笑。

她將手裡的牌子扔起來，又接住：「兩毛錢押碗費，吃午飯時去退好了。」門口忽然湧了很多人，擠在欄杆前。船動了，起錨了。

「出去看看吧!」她說。

「好。」他答應。爬下鋪。一隻腳踩在下鋪，一隻腳摸索著找鞋。她將皮鞋踢到他腳下，他踩住了一隻，又踩住了另一隻。

人，圍滿了船欄，他們在後甲板中間站著。江鷗飛著，太陽朦朦朧朧地出來了，投下淡淡的陽光。風很大，且涼。

他臉上的汗毛孔脹大起來，不再那麼白淨細膩。

她瞇起眼睛，眼睛紅紅的，像要流淚。她是個砂眼患者，他發現。

船開了。有人在講三峽的傳說，忒性急了。

「串連的時候，」她說，「我們從韶山回來，到了武漢。有個同學提出要走三峽，去重慶，再去峨嵋山。他說，峨嵋山上有佛光。」

「哦，佛光是不容易看到的，要好太陽。而峨嵋山上難得有好太陽。」

「我們都要回上海。出來一個多月，身上長了虱子，想家想得要死。最後他一個人去了。」

「他看到佛光了嗎？」

「後來沒有再碰到他。聽說他後來去了江西一個林場，伐木時一棵樹倒了，壓斷了他的腿。」

「放樹是有講究的。它有一定的倒向，根據鋸痕。」

江鷗跟著船，江岸很遠，慢慢地退。

「前年，暑假裡，我們幾個同學結伴去了桂林。有一天早晨，我一個人出來散步。」他說。

「桂林，我沒有去過。」她說。

「我一抬頭，石林在我眼前，靜靜的。它們站出那麼多姿態，像是有著許多故事，像是活的。」

「大概眞是活的。」

「人多的時候，它們緘默著，沒有人的時候，它們才活潑著。」

「可是我聽人說，看長了，看多了，石林就像是一片石頭的墓地。」

他突然緘默了。過了一會兒，勉強說：「也許，是有一點。」

她也緘默了，將手插進他的大衣口袋，握住他的手。他的手依然涼。

「我們進去吧。」他說，又加了一句：「風太大了。」

「再站一會兒，風很清新。」她說。

江岸近了，江面像是窄了。江鷗依然跟著船。太陽出來了。

「進去吧，我累。」他說。

「好吧。」她注意了他一會兒，然後說。

南京人躺在床上，看一本《收穫》。她下鋪的女孩子睡醒了，坐在床沿上織一件毛衣，花樣很複雜，叫什麼「阿爾巴尼亞」花，在上海，這是五年前的花樣了。

他爬上了鋪，她也爬上了鋪。他們倚牆坐著。她看著他的襪子，深藍的錦綸絲襪，乾乾淨淨，一點沒有挑絲。他看著她的襪子，絲襪，透明得像沒穿襪子，清晰地顯露出腳踝上一個褐色的疤痕。

「插隊落戶因水土不服，後來，變成了濕疹。這一塊，正爛在這裡，爛出了骨頭。」她說。

「這裡的肉少，一爛就露骨頭。」他說。

「我第一次看見人的骨頭，我噁心，卻想看。赤腳醫生不讓看，包上了紗布，我回去揭開紗布看。」

「要感染的。」

「留下了這疤。」

「幸好在腳上。」

「臉上也有，是夏天生癤子。」她指了指臉頰上一塊淡褐色的斑痕。

「幾乎看不出。」

「半年不敢吃醬油呢。」

「你也愛漂亮嗎？」他看她。她沒有一點修飾，並不難看。只是想像不出她打扮之後，會是怎樣的。

「愛得不知道怎麼打扮才好了，直到最後，才得出一個經驗，不打扮，以守爲攻。」她笑。

他也笑。他看她的手，仔細地看。她的手不白皙，手背上是凍瘡留下的疤，一片連一片，深褐色的。他憐惜地握住了。

「我挺賤，在安徽從來不生凍瘡，回了上海反倒生得一天世界。」

「那是因爲，上海的氣候太潮濕。」

「我插隊的地方叫馮井。我到的那天，大家都來看我，活兒也不幹了。」

「鄉下人看上海人，就像看外國人。」

太陽穿出雲層，把江水照得閃閃爍爍。

「我讀中學的時候，有一次我們同學走在淮海路上，聽有人叫我們大哥。我們嚇了一跳，回頭看看，一個大男人站在身後，他叫我們大哥。」

「大約是外地人。外地人都這麼叫，叫我們則叫『大姊』。」

「他說他從安徽來，找朋友。朋友沒找到，錢卻叫小偷摸走了。他向我們要錢和糧票。」

「那是要飯編出來的故事。你給他了嗎？」

「我總共只有一角錢二兩糧票，都給了他。我們同學一分錢也沒有，只好不給了。」

「你是個善良的孩子。」她愛憐地看著他。

「他開口討了哩。」他不好意思地喃喃著。

「你上中學的時候，我已經插隊了。」她又說。

「你吃了太多的苦。」他說，看著她。

「安徽是很苦，」她避開他的眼睛，「老鄉們用日本進口的尿素袋子做衣服。一般人還得不到，也是幹部的特權。有個順口溜是這樣的：隊長一條褲，花錢一毛五，後邊是『日本』，前邊是『尿素』。」說著，她自己先笑了起來。

他也笑了：「這才是民間文學呢，作家們想不出的。」

她大笑起來。

他也大笑。他們忽然興奮起來。

「你插隊的時候，我們中學裡也不太平。統統到川沙勞動，一去就不讓回了，說要打仗，戰備，疏散人口。不曉得什麼時候才能回家。」

「我們在鄉下就盼著打仗，這樣就沒有戶口了，都可以回上海了。」

「半夜裡，忽然緊急集合，穿好衣服，打好背包，再挾只小板凳，跑步八里路，去公社看電影：《白毛女》。上面北風吹，下面我們抖索成一團。」

「那次，鄰莊十里堡來了電影，越南片子：《森林之火》。記得嗎？裡面有個老頭跳大神：天靈靈，地靈靈。我們走了十里地去看。那放映機是用柴油機發的電，柴油機不大靈，平均三分鐘斷一次片。」

「我們有個同學後來回了一趟上海，說上海眞的備戰了。玻璃上貼了米字條，爲的是飛機來轟炸，玻璃窗碎掉就不會有聲音。不會暴露目標了。」

「我們那裡，一到冬天，家家就合計，要出去討飯。一般總叫婦女帶著孩子去要，這樣容易要到。」

「我們在鄉下聽說，上海文化廣場火燒了。巧眞巧，阿爾巴尼亞的一個歌舞團正要到文化廣場演出，這一下，只好不來了。」

「在那裡，要飯總能要到。人人都會給的，往人家鍋邊上一站，沒有不給的道理。因爲人人都要過飯，自己沒要過，自己家裡人也要過。」

「後來，在鄉下待長了，學校裡也鬆了，不叫我們勞動，也不叫我們軍訓。天天睡在被窩裡，被子髒得要命，也不會洗。」

「我們大隊書記自己不能去討飯，就讓家裡人去蚌埠討，他一個人留下來帶大家救災。」

「後來，我們從鄉下回來了。」

「後來，書記下台了。」

「不曉得戰備怎麼又解除了。」

「因爲他自己作主，把一頭病驢殺了分吃掉了。」

「後來才知道，是林彪搞的什麼一級戰備。」他大笑。

她也大笑。他們都異常地興奮。太陽閃閃的，異常地明亮。

「那時眞沒出息，才下鄉三個月，就想家。」他說。

「爲了離家近，我們都爭著去安徽，雖然那裡苦。」她說。

「不過，一回到家，就把想家那滋味忘了。我們都吵著要跟高年級的人去內蒙古，去黑龍江，好像越遠越高興。」

「我們有一個同學要走遠，他去了雲南。」

「結果哪兒也沒去成。」

「他一直沒回來。有人說，他硬讓人扣著結婚了。還有人說，他去了不到一年就出了國境，到緬甸了。」

「再沒見過他？」他問。

「再沒有。」她說。

他不說話了。

她也不說話了。

那女人在逗孩子，說的是四川話：「九十九道拐拐，九十九道彎。九十九道拐拐，九十九道彎。」念到「拐拐」的時候，她把孩子舉起來，念到「彎」的時候，又放下來，在孩子頭窩裡響亮地親一下。「九十九道拐拐，九十九道彎」，不知是在說一道山，還是一條水。

喇叭裡哇啦哇啦地又在說話。是告訴大家午飯的時間和午飯的方式：在哪裡買飯菜票，然後在哪裡吃飯。

在閱讀室門口買飯菜票，排起了長長的隊，繞船大半周。

「排隊嗎？」他猶豫著。

「當然。」她說。

「算了好嗎？反正，我們又……」他停了一下，「又不餓。」

「我餓。」她鑽進隊伍裡，身後迅速地排起一列長隊。

「我去走走。」他說。

「你去吧。」她說。她看著他走了，黑呢短大衣從他消瘦的肩上要滑下來，卻始終沒滑下來。他沿著船欄向後甲板走去，那裡，有一大群江鷗在飛。他消失在江鷗撩亂的翅膀裡。她轉過臉，看菜單：

炒鱔絲，九毛錢。炒肉片，七毛錢。炒腰花，七毛錢。紅燒魚塊，七毛錢。青菜，一毛錢。雞蛋湯，兩毛錢。飯……

她心裡划算著買幾個菜，買什麼菜。

江面窄了，看得見江岸，有著樹。

「我來排一會兒吧。」他來了，站在面前。

「就快到了，不必了。」她高興他回來，微笑著看他。在室外的光線裡，他的臉色顯得蒼白。

「或者，我到飯廳去排那個隊。」他主動提議。

「也好。」她溫和地說。

終於，他們吃上飯了，一個炒鱔絲，一個青菜，一個湯。一人二兩飯。飯粒兒很硬，像是炒出來的。背後站著人，等著他們吃完了讓座。來不及品味，反倒吃得迅速而徹底了。走出充滿人聲和油煙氣的飯廳，頓時感到一陣輕鬆。

「睡個午覺吧。」她建議。

「睡個午覺。」他同意。

回到艙房，他把枕頭還給她一個，兩人各自躺下了，頭頂著頭。

那位母親用開水泡蛋糕餵那孩子。年輕的新婚夫婦在吃廣柑，用小刀在廣柑上戳了一個洞，用嘴吸。南京人告訴他倆：「船到萬縣，要靠岸，那裡的廣柑又大又便宜，可以下船買一些。」

「什麼時候到萬縣？」男孩子問，他手裡的廣柑已被他擠裂了，像個破皮球。

「早了，後天呢。」

「想吃廣柑嗎？」她輕輕地問他。

「還好。」他說。

「有幾種水果，我從來沒有吃痛快過。比如，荔枝、菠蘿，還有廣柑。」

「還有幾種水果，你也許從來沒吃過呢，比如芒果。」

「沒有。不過，沒吃過也就不想它了。」

「也許。」

「我們插隊的地方，人們把生洋蔥當水果吃。」

「聽說，東北人把茄子生吃，當作水果。」

「我有個同學去東北插隊，在大煙泡子裡凍死了。」

「大煙泡子？」他喃喃地說，他要睡著了。

「就是暴風雪啊。」她也喃喃起來。

她作了個夢，夢見自己很小，跟媽媽上街，忽然迷失了。她哭啊，哭啊，不知怎麼，她知道媽媽也在哭，哭得比她還凶。後來，終於找到了。媽媽不哭了，卻衝過來，重重地打她：「死鬼！死到哪裡去了！」拉著她就走，街上的人多，擠不動，媽媽回過臉來還是罵她。然後便醒了。夢醒了，卻留下了一肚子的委屈。媽媽死後托給她的所有的夢，都充滿了這種違背她心願的情緒。她不明白這是怎麼回事，悶悶地下了鋪，穿上鞋。她嘴裡發黏發澀，想吃廣柑。她一個人走出船艙。太陽沒有了，江鷗盯著船飛。

她沿著欄杆走去，閱覽室開著門，她進去了。有一沓《文匯報》，最近的一張是五天之前的，是他們出來以後的第三天。她百無聊賴地翻著報紙：她家附近的電影院在上映美國電影《摩羯星一號》，還有《李清照》。忽然，她在電影欄目裡看到了一則啓事，她臉紅了，又白了。她抬起頭看看周圍，然後小心而迅速地把這張報紙從報夾裡抽出來，匆忙地疊起來，塞進了口袋。她又翻看了幾張報紙，然後走出了閱覽室。她對著石峭站了一會兒，然後把那張報紙揉作一團，扔了下去，報紙落在江上，散了開來。她閉起眼睛。

「喂，你在這裡？」他來到她身邊。

她睜開眼睛，天色越發暗了。

「我作了個夢，」他猶豫了一下，「夢到上海了。」

她轉過臉，看著他：「我也作了一個夢，夢到媽媽了。」

「上海在開輕工業品展銷會。」

「媽媽打我。」她直盯著他，他側過臉，躲開了她的目光，看那江水。

「你媽媽經常打你嗎？」停了一會兒，他問。

「經常。她的心情始終很煩躁，從來不笑。」

「這就奇怪了。」

「她說她累，上班、下班擠公共汽車，要擠一個半小時。這怪我嗎？回到家，爐子滅了，又要生爐子，我們那裡直到現在還要生煤爐。這怪我嗎？錢沒了，電燈帳又來了，這怪我嗎？四個小孩了，又生了個弟弟，這就更不能怪我了。」她奇怪地笑了一下。

「上海的公共汽車是很擠，能擠死人。上海的生活節奏也太緊張，喘不過氣來。人太多了，南京路上，人都走不動。」

「我們家七口人，住一點點大的地方。」

「眼睛裡到處是人了。」

「他們還要吵！吵起來沒個完，什麼話都罵，摔東西。」

「夫妻間能這樣吵還算不錯了，怕就怕連吵的心情也沒了。」

「他們吵了以後，晚上睡在一起，互相撫慰，那造作的仇恨終於化成柔情，他們互相撫慰。可是我們呢？我們孩子呢？誰來撫慰我們？」

「苦了孩子了。」

「從此，我們認為我們的父母是不和的。我們看到他們在一起就緊張，看到別人家父母和睦的樣子就羡慕得心酸，自卑得抬不起頭。可是誰知道呢？我們的父母給別人看起來，一定也是和和睦睦的。」她又笑了一聲。

「苦了孩子了。」他又說。

天暗。江岸慢吞吞地擠著江，江水在急湍地奔流，船在江上走。

「後來我插隊去了，其實我們六七屆有百分之四十留上海的，而且我是老大，家裡平均生活費不足十五元。可我還是走了，卻又不捨得走遠，去了安徽。」

「不過，終究是回來了。」

「說實在，我內心裡並不是那麼想回來。可是大家都回上海，連已經上調了的還千方百計回來。而我，始終在農村。似乎不回來不合時宜了。」

「有時候，是這樣的。」

「大家都想回上海，我就以爲我也是想回上海泥！」

從後甲板伸延過來一支隊伍，沿著船身，排隊買晚飯票了。他們看著這支逐漸伸延到身邊的隊伍，覺出了疲倦。

「想吃晚飯嗎？」她打起精神。

「不吃也罷了。」

「也好，還有兩個肉包子呢！」

肉包子，冰冷冰冷，奇形怪狀。他對著它凝視了一會兒，下決心咬了一口。

她平靜地咀嚼著，然後微微一伸脖子，嚥了下去。

艙房裡沒有人，都吃飯去了。最後走的是那個織阿爾巴尼亞花樣的女孩子，她順手帶上了門。屋裡，只有他們倆。

她猝然站起身來，丟下吃了一半的包子：「抱我！抱住我！」

他抱住了她。

「抱緊，再緊一點。」

他緊緊地抱住她，聽得見她的骨頭響了一下。她的骨頭常常會響，她有關節炎。

她緊緊地抱住他的脖子，喃喃地說：「抱我，抱我。」

他撩開她受潮的頭髮，吻她耳後，這是尤其白皙的地方。

「我愛你。沒有你，我不行。眞不行。」

「我們非這樣了嗎？我們非這麼做不可了嗎？」

「是的，是的，是的，是的！」她連連地說，箍緊了他的脖子。

他停止了吻她，被她箍得氣也透不過來。

門開了，他們猝然分開。南京人進來了。四川女人抱著娃娃進來了，小夫妻進來了……

屋子裡坐滿了。

南京人拉開拉線廣播，正播相聲，姜昆和李文華的。

他們上床，躺下了。頭頂著頭。

「你喜歡相聲嗎？」她問。

「假如好的話。」他回答。

「我不喜歡，油腔滑調的，淺薄。」

「也許要有一些淺薄，總是那麼深沉，人也受不了。」

「只有一次聽相聲，我笑了。」

「侯寶林嗎？」

「不，是我小學裡的一個男生。他是大隊長，功課好，有頭腦，神情總是很嚴肅。他和另一個男生說相聲，他說相聲也那麼嚴肅。沒有人笑。」

「你為什麼笑呢？」

「我不能讓他失敗，我就拚命地笑，笑得眼淚也滾出來了，笑得我真地想笑了，你在找什麼？」

「菸。」

「在這裡，喏，還有火柴。」

「謝謝。」

「小心，別燒著了毯子。我發現你開始抽菸，是在汽車上。」

「在徐家匯終點站，兩輛空車並排著，你上了一輛，我上了另一輛。」

「你的車亮了燈，我的黑著。」

「你能看見我，而我看不見你。」

「我看見你在抽菸。後來，我的車亮了。」

「我的車走了。」

「可我還是不明白，菸，究竟來自哪方面的快感，味覺？嗅覺？」

「我並沒有癮。只是好像，有時候，手裡必須要有一件東西，可以做一個動作。」他抽菸，煙，裊裊地升起了。

她看著那煙。

南京人在講那神女峰的故事：「西天瑤池宮裡的仙女，愛上了大禹。」

四川女人糾正他：「你在說啥子呀！是西天瑤池宮裡第十二個仙女，爲了幫助大禹治水，留在了人間。」

「我們莊上有個地主婆，自殺了。」

煙，抖動了一下。

「留下了一隻納了一半的鞋底。開頭的幾排針腳，嶄嶄齊的。然後就越來越亂，越來越亂。」

「不要講了。」

「亂得不成路數了。」她還講。

「求你，不要講了。」

「我仔細看那鞋底。其實，這便是她的遺書了。那針腳是一種文字。」

「還沒完嗎？」

「其實，那並沒什麼意思，眞是一點意思也沒有的，就是針腳。」

他忽然躍起，異常靈活地爬下了鋪。

「你去哪裡？」

「上廁所。」他跑出門外，立即傳來嘔吐聲。

她躺在床上，一動不動。

他進來了。

屋裡的人都看著他。然後，四川女人開口了：「這位同志是暈船了吧。」

「沒什麼，不要緊。」他爬上了鋪。

「我有暈海寧。」南京人在手提包裡尋找著。

「我說那位女同志！」四川女人對她說。

她不得不欠起了身子。

「你給你男人打點開水去。」

「不用了。」他說。

「你們晚飯也沒去吃，這不行。」四川女人說，「越空肚子越要暈。」

「是啊！」她從床上爬下來，拿起茶缸出去了。

「可是，食堂裡的飯太難吃了。」新婚的女孩子說。

「難吃不去說它了，還要排這麼長的隊。」南京人說。

「同志，我有兩塊雞蛋糕，你吃了吧！」四川女人走過來了。

「不，不，我們也有。」

「客氣啥！出門在外，都是一家人。」

「吃廣柑吧！」新婚小夫妻送過來幾個廣柑。女孩子把廣柑放在他的枕頭邊，手碰到了他臉頰。白嫩的無名指上，戴了一個細細的金戒指。他微笑了一下：

「謝謝。」

她回來了，端了一茶缸的開水，站在他床前，臉對著臉。

「吃藥吧。」她奇怪地笑著。

「我並不是暈船。」

「可你還是吃下去好。」

「那又何必？」

「也許他們會去叫醫生。」

「我倒想吃一只廣柑。」他從枕邊拿起廣柑。廣柑是溫熱的，散發出沁涼的香味。

「不，你要吃藥。」

他只得吃了下去，他犟不過她。過了一會兒，他睡著了。睡得很沉，還打起了呼。

船在黑天黑水之間走。

夜裡，有一隻公雞「喔喔」地啼了起來。有孩子哭，然後母親哄孩子，喃喃地唱著什麼。公雞「喔喔」地啼。

中

江岸漸漸高起，江面又窄了許多。天不亮，江鷗又在後甲板上飛了。牠們什麼時候來的？又是什麼時候去的？去到哪裡？在哪裡歇腳？牠們是不是昨天那一些了？

他說：「是的。」

她說：「不是。」

「快到宜昌了吧？」他問。

「中午到。」她說。

「爲什麼非要換船呢？好麻煩。」

「沒法子，葛洲壩沒合攏，過不去呢。」

「不會再是這條船了吧？」

「當然不會了。」

「這條船，好像已經住熟了。」

「我可不喜歡太熟的地方。我喜歡搬家，可是我們從來沒搬過家。我只好把家具經常換地方擺。」

「我不喜歡搬家。從我記事起，已經搬過五次家了。」

「其實我住的那閣樓裡並沒有什麼家具。」

「本來住富民新村一套房子，後來開銷緊了，就搬到淮海大樓的公寓裡。後來『文化大革命』，抄家，掃地出門，住在平安里的三層閣上，後來『文化大革命』結束了，落實政策還給我們淮海大樓的房子，只還了兩間。後來，哥哥姊姊要結婚，就和人家調了三處石庫門房子。」

「爸爸要結婚，我讓他們亭子間做房間，我住閣樓。」

「石庫門房子條件差，不過能住開了。還是分開住好，大家客客氣氣。」

「很多人教我去和爸爸講，讓爸爸住到她那兒去。我知道她那裡是有房子的。我講不出，爸爸這麼大年紀再到一個陌生地方去，我不忍心。據說她那兩個兒子強橫得厲害。」

「三處石庫門房子倒都是朝南的，面積也可以，還有天井。」

「憑良心講，她對爸爸比媽媽好。我要是男的，一定喜歡她。只不過，我們和她總歸親不起來。」

「不是自己的，總歸隔肉；自己的，再打再罵也親的。」

「我以前懷疑自己不是媽媽生的，我和媽媽一點不像，媽媽大眼高鼻，而我細眉細眼。可自從她來了，我相信了，我確是媽媽生的。」

「血源的聯繫是很神祕的。我和我爸爸總搞不好，但是我的面孔和他一模一樣。」

「我確是媽媽生的。」

「早霞，很好的早霞，把江水照得五色斑斕，閃閃爍爍。」

「我們是不是吃飯去？」他忽然很振作起來。

「我，不太想吃。」

「我給你帶回來。」他去了，沿著船欄。太陽升起來了，在他前面，他朝著太陽走了過去。

她轉過身，順著船欄背著太陽走去，走到樓梯口，她下了樓梯。這是散席五等艙，遍地躺著人，行李、包裹、竹筐。竹筐裡是小雞，嘰嘰喳喳地叫，淡黃色的毛球似的，擠來擠去。還有公雞母雞，還有一蒲包的螃蟹，「嘁嘁咕咕」地吐著白沫。她走過去，重新上了樓梯，走到甲板上。同屋的那一對年輕夫婦合披著一件風衣，摟抱著在看太陽。陽光落在女孩子鬈曲的長髮上，像鍍了一層金，閃閃發光。她從他們身邊擦過去，看見男孩子正在親女孩子，女孩子撅著嘴，很不情願的樣子。她走進艙房，他已經等在那裡了，拿著一碗粥和一碟鹹菜，鹹菜上放著一塊麵包。

「快吃吧，要涼了。」

「不想吃。」她坐在下鋪的床沿上。

「我說你還是吃一點，比較好。」

「不，我吃不下。」她轉過臉去，不耐煩理他了。

年輕夫妻進來了，打開大紅旅行包，拿出一包麵包和一瓶果醬，開始吃麵包。他們互相餵著，你吃我的一口，我吃你的一口。他看著他們，一直看到他們蓋上果醬瓶，提著照相機出去爲止。

「這兩個人挺有意思的。」他說。

「小市民。」她說。

「他們還是孩子呢！」

「我像他們這麼大的時候，種了八年地啦！」她轉過臉來，往後坐了坐，仰靠在牆上，頭正好頂著上鋪。她側面的線條很秀氣，只是稍稍顯得單薄了一些。

「我像他們這麼大的時候，見女孩子還臉紅。」

「你至多比他們大兩三歲。」

「我就是說兩三年以前的事。」

「有一次，我去看電影，坐在公共汽車上。我坐著，旁邊站了一個女孩子，一個比我大得多的女孩子。她忙著掏錢買票，背包從胳膊上滑落下來，正好擱在了我的腿上，我的腿一動不敢動，讓它停著，愣愣地看著它。它是紅的，羊皮的，帶著一個黃銅的搭釦。後來，她買好了票，把包提起來，背上了肩。它正好懸在我的鼻子前，我嗅到一股好嗅的香味兒。」

「我十一歲的時候，愛上了我們的大隊長，就是說相聲的那位。選舉，評三好學生、五好隊員，我總是肆無忌憚地投他的票。假如有人不同意，我就大聲地和人吵。他提的建議，我總是最熱心參加。那時候，都興養蝌蚪。我把媽媽給我買大餅的錢省下來，到城隍廟買了一瓶蝌蚪送給他。他不要，後來要了，卻要付我錢。後來，大家都笑話我們倆。他再不和我說話，我照樣和他說話，還投他的票。最後他火了，罵我『神經病』，從此，別人開始罵我『花痴』。」

「這天，我遲到了，只看了半場電影。汽車乘過了站。」

「從此，我再沒碰到過值得我愛的男人。」

「後來，我慢慢地懂了這些。」

「後來，我認識了你。」

「你這樣的女人，我是第一次遇到。」

「我認識得太晚了。」

「我小時候，走過你們家的。你們家不是在城隍廟旁邊嗎？」

「是的。」

「我作興看到過你的。」

「你看到我也認不出我的。」她說。

「我記得那條街口有一個自來水龍頭，很多人用桶接水。」

「其中或許就有我。」

「那時你是什麼樣子的？」

「梳兩條長辮子，穿一件花布罩衫，戴兩隻袖套。背一個小孩。小孩的頭很大。我的水桶是放在一個小車子上的。小車子是爸爸做的，一塊板下面裝四個小輪子，走起來吱嘎吱嘎地響。」

「是有人用小車子拉水。」

「或許我也看見你的。從上只角來的人，一眼就能看出來，我們總是要看的。」

「對，走到那裡，總有很多人看，停下來看。」

「你那時是什麼樣子的？」

「那時候，我人很矮，還沒躥個子呢。倒是不瘦，戴一副學生式的眼鏡，老三老四的。」

「那時你有多大？」

「十三四歲吧！」

「那你一定不會注意女孩子。這種年齡的男生最討厭女生了。」

「那時你有多大了？」

「哦，我已經十七八歲了，我已經去安徽插隊了，我不會看見你的。」她有點遺憾。

他也有些遺憾。說話的興致低了許多。

陽光照進艙房，暖和起來。南京人走進來，開始收拾東西，把剩茶潑掉，毛巾裝進塑料袋。快到宜昌了。

年輕夫妻進來了，整理東西：一只大紅旅行包，一只小小的手提箱，全由男孩子提著，女孩子只拿了那把三摺頭的傘和一只錢包大小的手提包。走了出去。

四川女人放下孩子，一邊收拾一邊用嘴哄娃娃：「九十九道拐拐，九十九道彎。」

織阿爾巴尼亞花的女孩子捲起毛線塞進手提包，從床底下拖出一個藤條箱和一個包裹，又抽出一條扁擔，輕輕鬆鬆地上了肩，然後對他們說：「大哥大姊，要下船囉。」

「噢。」他答應了一聲。首先站起身子，開始裝毛巾牙刷。

她默默地打開手提箱，收拾起來。

「大姊，請幫個忙。」矮矮的四川女人抱著娃娃走到她面前，說。

她直起身子，不明白地看著那女人。

「幫我托一托娃娃，我把她紮在背上。」

她還沒來得及答應，他已經接過了娃娃：

「我來。」

他托著娃娃的腰，娃娃手舞足蹈著，他把臉伸到娃娃面前，彈了一下舌頭。娃娃樂了，一絲黏黏的口水流了下來。

她把孩子不緊不鬆地紮在背上，說道：「謝謝囉，你們兩個快點收拾，要下船囉。」

「好的。」他回答，拉拉孩子的手。

兩人走出船艙，順著船欄向前走，太陽晃得人睜不開眼，江鷗飛舞。人，都從艙房走出了，擠在過道裡，樓梯上。一層層的頭，一圈圈的人。

「看過那個電影嗎？《羅馬十一點》。」他問。

「很有點像那一條樓梯。」他說。

「這樓梯會不會塌掉？」

「不會吧。」

「要塌掉會怎麼樣?」她惡作劇地微笑著望他。

他不響，臉色蒼白，眉頭微微地蹙起。

「那就全完了，全完了。」

他不響，昂起頭，看那上層樓梯，一樓梯的人，正往下看。

「我們回房間去等吧!」他說。

「也好，總有得下船的。」她同意。

兩人走回了艙房，艙房裡沒有人，一地陽光。她關上了門，陽光關在了外面。

「只有我們自己了。」她說，看著他。

「從來沒有這樣清靜過。」他說，茫然地環顧著空無一人的房間。

「總是有那麼多眼睛窺視著我們。」

「難得會這麼清靜。」

「吻我。」她說。

他吻她。兩人偎依著站在空無一人的房間裡，一柱陽光透過小圓窗照進來。

「還記得嗎，你第一次吻我。」她說。

「我簡直是瘋了。」他說。

「我也快瘋了，從來沒有一個男人吻過我。」

「你推我。」

「可是推不動。」

「哦。」他又吻她，她也吻他。

「我看見你一個人站在籬笆那邊，我知道我媽媽找過你了。我好憐惜你。」他使自己沉浸在往事的回憶中。

「多虧你媽媽找我，否則我永遠不會知道。我，原來，是愛你了。」她使自己沉浸在往事的回憶中。

「其實，這和別人有什麼關係？這是我們倆的事啊！我們倆的！」他使自己更激情一些。

「多虧他們，否則我一直以爲自己只是喜歡你，喜歡看到你，喜歡聽到你。你和病人說話，有時候是多麼冷漠啊，這冷漠我也喜歡。」她更緊地去抱他，使自己越加的感動起來。

船，嗚嗚地在叫。

「我喜歡你穿護士服，這和你的臉色很配。你總是那樣從容不迫，有些傲慢。好像什麼都沒看到，可是什麼都做到了。」

「多虧他們窺視我們，議論我們，否則我就要錯過這愛情了，我唯一的，唯一的一次愛情。」

「你爲什麼不早一點來，早一點到我們醫院裡來！」

「多虧『四人幫』倒台，退休可以頂替。」

「你乾脆不來也就算了。」

「爸爸原本是不肯退休的，是我硬和他吵，還和弟弟吵。弟弟也要頂替。他自己不用功，考不上技校。我很不容易才到了你們醫院。」

「你爸爸是什麼樣子的？我怎麼一點不認識。」他鬆開了她。

「你當然不會認識，他是看大門的。」她也鬆開了他。他們面對面站著，那麼近，能看到對方瞳仁裡的自己。瞳仁裡的自己有點怪，兩頭尖，中間大，有點像鐵勺背上映出的臉。他們看著對方的眼睛，看著眼睛裡的自己。

「哦，我想起來了，我們的門衛是個很負責的老頭，對人很和藹。」

「他退休了，沒什麼可負責的了。他就參加里弄組織的交通糾察隊，每天到馬路上去維持交通秩序。」

「他們往往比交通警還認眞負責，這些老頭啊，挺可愛。」

「他們很寂寞。」

他們站在空無一人的房間裡，面對面地平靜地交談著。

船停了，馬達聲停了，嘈雜的人聲隨之而起，開始登岸了。門，推開了，進來一個服務員，奇怪地看了他們一眼，彎下腰便掃地。地板黏答答的，掃不起灰來。他倆走了出去。

扁擔，包袱，擠壓著，爭先恐後著。

樓梯上的人慢慢地向下旋。

長長的木板，在明晃晃的水上，被人踩得顫顫悠悠。

終於走了過去，到了岸上。一上岸，人們便撒腿跑了起來。由不得不跑，他們也開始跑。

「別，別跑了。」他上氣不接下來，可是卻停不住腳步，大家都在跑。

「跑什麼呢？」她拉著他，不明白爲什麼要這樣跑。可是大家都在跑，於是，她便以爲這是一定要跑的。

直到看見前邊那幾十輛汽車時，他們才明白跑的目的了。人們爭先恐後地上車。他們爭先恐後地上了一輛車，坐著了位子。車子滿了，一車子不相識的人。同艙房的那幾位一個也不在了。

車開了，開上了山。盤著山，繞著一個山谷，山谷裡飄著白雲。

「這車會摔下去嗎？」她問他。

「不會。」他皺皺眉頭，不去看她，看窗外。

「那山谷是深不見底的。」

「當然。」

「摔下去，怕是再也找不回來了。」

他不理她了，從窗戶外收回視線，看前邊。前邊是一個四川老鄉，戴著一頂黃軍帽，帽圈下露出一塊禿斑。

車盤著山，圍著山谷，繞了一圈又一圈。山那邊，是長江，白白的，在太陽下發亮。

車盤下了山。停了。下車，再跑，跑到江岸，排起長長的隊，等上船。船要過兩個小時才開。前前後後的商量著，輪流去吃飯。

「我餓了。」她說。

「我不想動，很累。」他說。

「可是，我早上也沒吃飯啊！」

「我給你買回來了，你不願意吃。」他有點動氣。

「那時我不想吃。」她也動氣了。

「我現在也不想吃。」他聲音高了。

「我現在一定要吃了。」她聲音也高了。

「莫吵囉，莫吵囉！」後邊的一個老太太說話了，她正在吃一塊乾餅，「你們都去吃飯，我們給你們看東西，莫吵囉，莫吵囉！」

她轉過身走了，他也只好轉身，跟著走去。

碼頭附近一溜飯鋪子，紅漆小矮桌擦得乾乾淨淨，有餛飩，有小麵，有包子。

「你吃吧，我在這裡等你。」

「爲什麼？一起吃一點兒好了。」

「我吃不下。」

「難道連一碗餛飩也吃不下？」

「你不要勉強我好嗎？」

「我從來不曾勉強過你。」她自個兒走進了小飯鋪子。他等在一棵樹底下，開始抽菸。

火柴全受了潮，擦不著了。

「同志，給你個火。」身後有人說，是個老大爺，守著茶攤子，送給他旱菸袋。

「謝謝囉！」他學著四川話謝他。他看看茶攤子邊的板凳，想坐，又不好意思。

「同志，你等人吵？」

「等人。」

「你坐著等就是囉。」

「我不喝茶。」

「不喝茶也可以坐的吵。」

「謝謝囉！」他感激地坐了下去。

「同志，你是來看三峽的吵？」老頭挺囉嗦。

「是啊。」

「來得好哇！再晚些日子，葛洲壩合攏了，三峽就莫得這麼好看囉。」他說。

「哦。」

「你是從上海來的吧！」

「你老怎麼知道，我臉上又沒刻字？」他回過頭來，笑著問，笑得有些緊張。

「刻字我倒認不得囉。我看你說話像上海人。」

「你老去過上海？」他像是鬆了一口氣。

「我不去，上海沒得耍的。」他輕蔑地說。

「是啊，沒得耍的。」他附和著，他看見她過來了，便站了起來，迎上去。

她不理他，只顧走，他跟在她後邊。

「你怎麼不說話？」他終於忍不住了。

「爲什麼要說話？」她說，把他噎住了。

「你的脾氣有時叫人受不了。」他說。

「這有什麼奇怪？老姑娘嘛！」她笑。

「你過去並不是這樣的。」

「你對我了解得很不夠啊！」

「也許是這樣。」

「你後悔了？」

「誰後悔了？」

「你。這一路上，你一臉後悔的樣子。」

「後悔？後悔又有什麼用？」他也笑了。

「是的，沒有用了，沒有一點用了。」

「並不那麼絕對。」

「當然。你可以去向領導作檢查，接受處分。」

「假如只是領導就好了。」

「別的也好辦，你跪下來，求你那個麗麗，還是娜娜的原諒——」她嘎然而止，驚惶地抬起眼睛看他。

他也驚惶地看她。他們沉默著。似乎是，一個什麼默契，被她觸動了一下。兩人站了一會，同時轉過身，默默地向回走去。

上船了。重新換船票，進了艙房。又是完全陌生的一屋子。上次同屋或同車的，一個都不是了。

他們倆得了一個上鋪和一個下鋪。挨著他們雙層床的是一對夫婦，也是新婚，卻不如那一對年輕人，穿著也守舊了一些。

他們再沒有說話，他在下鋪上躺下，她走出了房間。太陽西去了。

江面窄成長長的一條，江岸聳起高高的石峭，峭壁把世界隔成了一條狹狹的走廊，船在其間小心翼翼地前進。甲板上站滿了人，要過西陵峽了。

山崖是光禿禿的，雖說有樹，也很凋零，偶然有一兩座小房子。卻只看見一個人，在高高的山崖上，像是在砍柴。他直起腰，朝著船使勁兒揮手。

對面來了一艘船，嗚嗚地嗚叫著，與這船相擦而過。這是從朝天門碼頭開來的。

船道狹狹的，而又慵慵的。

她站在甲板上看著高高的峭壁。

他躺在床上，從門裡望著高高的峭壁。

船在狹狹的、慵慵的航道裡走。

西陵峽到了，屋裡的人全跑了出去，把個船欄圍得黑壓壓的。他再看不見什麼，只看見擠擠的人頭上灰壓壓的峭壁。有人在講西陵峽的故事。

她回來了，臉頰叫風吹得發紅，嘴唇卻發青。她在他床沿坐下，幫他蓋好毯子。

他握住她的手，她的手冰涼冰涼。

船過西陵峽。

「沒有人了。」她說。

「只有我們自己了。」他說。

「都去看三峽了。」

「其實，三峽也就這麼回事。」

「沒來過，總想來看看。」

「看過以後總有些失望。」

「還是不錯的吧。」

「總沒有想像中的好。」

「等一會兒過巫峽時，我們出去看神女峰吧！」

「好的。」他握著她的手，手小小的，卻有一排堅硬的繭子。

她握著他的手，手很軟和，指甲剪得乾淨而整齊。

「你幹過很多活兒吧？」他問。

「很多。擔糞、鋤地、挖河、打場、拉犁、拉耙，就用肩膀拉。」

「在醫學院，每星期六下午義務勞動，我們搬過磚，種過樹。」

「我們隊的牛太少了，只有十一頭，人卻多。」

「好多同學都溜，我沒溜，也就幹了一小會兒。」

「牛草不夠，要上南邊去買。兩人一掛平車，走著去。夜裡，就睡在板車底下，鋪一條被單。走路時，把那被單用竹竿挑起來，像一張帆。」

「後來，畢業了。」

「後來，招工了。」

「我分在了上海。」

「我們大隊十五個知青，才三個名額，爭得要死。」

「好多人羨慕我。」

「那兩個同學上調了，分在縣裡百貨公司站櫃台，我簡直都不願意上街買東西了。」

「其實，都一樣。上班，下班，吃飯，睡覺，日復一日，月復一月，年復一年，一眼便看到底了。」

「沒想到，『四人幫』打倒以後，我回了上海，而他們永遠留在了那縣城裡。」

「我爺爺總歸說：否極泰來，苦盡甜來，樂極生悲，悲極生樂。」

「我爸爸總歸說：六十年風水輪流轉，誰也不能總占上風。」

天色昏昏，過巫峽了。

高而陡的崖峭默默迎面而來。到了跟前，卻神奇地讓開了，默默地擦肩而過。回頭看，沒了來路；朝前看，也無去路。巫峽沉默地迎面而來，擦肩而去。

人群騷動。神女峰到了。人們踮起腳，仰起脖子，在那一排十二座山峰中尋著。哦，那最高的一個便是了。

「並不像神女。」他說。

「你想它是，它便像了。」她說。

「她像是很肅穆的。」

「也秀麗。」

他們看著神女峰，它越來越像是個神女了，甚至嫋嫋婷婷起來。

天漸漸黑了。

山崖忽然劈開了一線，一股活騰騰的流水湍湍地流入長江，給這狹狹的世界注入了一泓生氣。彷彿這才想起，在這狹狹的石壁外面，還有個偌大偌活潑的世界。

「我有些餓了。」他小心翼翼地說。

「我不餓。」她說。

「你能不能陪我吃頓晚飯？謝謝囉！」

她笑了起來：「實話告訴你，我餓得快不行了。」

「你剛才不……」

「我剛才什麼也沒有吃。」

「爲什麼?」他感動地抱住她的肩。

「沒有你在旁邊，我什麼也不想幹。」她看著他的眼睛，從他的瞳仁裡看見了自己。

「我也是。」他看著她的眼睛，從她的瞳仁裡看見了自己。

「我們永遠在一起。」

「當然。」

「我們從來沒有這樣坦然地在一起過。」

「我總是憧憬著我們在一起，看一場電影。」

「還有散步，胳膊挽著胳膊。」

「現在我們在一起了。」

「在一起，原來是這樣的。」

他們偎依著向前走去。兩岸黑壓壓的懸崖，像兩片高而深的黑影，挾持著船，挾持著他們倆。

排隊，買飯票，買菜，買飯，等位子。然後，他們坐下了，吃飯。吃得很香。

「是眞餓了。」她說。

「眞餓了。」他說。

「咱們這樣在一起，要是被人看到，他們會說什麼？」

「這裡有很多人。」

「不，他們並不看我們。」

「他們不認識我們。」

「假如我們領導看到我們，他會怎麼樣？」

「他會沉下臉，然後，談話。」

「他還會給我們兩張青年宮的聯歡票。跑去一看，原來是婚姻介紹所辦的聯歡會，他要給我們一個找對象的場合。」

「你受委屈了。」他憐惜地看著她，又在她的瞳仁裡看見了自己。

「我早習慣了，『這是個老姑娘，這是個老大難，快幫她想想辦法吧，怪可憐的。』」

「可我知道，可憐這個詞兒對你不合適。」

「是啊，你知道。」她感激地看著他，又在他的瞳仁裡看見了自己。

「你看，那個女孩子，短短頭髮的。」

「看見了，怎麼了？」

「我差點兒以爲是二十九床了。」

「二十九床？」她有點茫然。

「二十九床。開膽囊的那個女孩子。活脫是一個人，不過，她不可能好得這麼快。」

「哦，是那位。」

「還沒拆線呢。」

「快吃吧，有人等著呢！」她催他。

他們趕緊地吃完，站起身擠出了飯廳。閱覽室開著門，裡面有雜誌，還有報紙。他們在門口不約而同地站了一下，又不約而同地走過了。

「喂，」他站住腳，商量地說，「咱們非這樣不行了嗎？」

「是的，」她站住腳，和藹地說，「對於我是這樣。」

他們站著，互相看著，看著對方的眼睛，對方瞳仁裡的自己，不太像了的自己。

船在崖的影裡前進。

他在抽菸，輕煙裊裊升著。上鋪沒有一點動靜，像是沒人睡著似的。她蒙著毯子在哭泣。

瞿塘峽在人的夢裡過來了。

下

瞿塘峽在人的夢裡過去了。

天不亮，人們擁在樓梯和過道，萬縣到了。

高高的石峭，在這石峭後面，有一個萬縣。

在這石峭後面，究竟是怎樣的生活？

「想不想上岸？」他站起來，扶著上鋪問她。

「好。」她仰睡著，望著艙頂。然後坐起來，爬下鋪。他伸手要扶她。她沒看他的手，輕靈得像一隻貓似地下了鋪，站在了地上。

房間裡的人幾乎都跑出去了，只有一個老太太在蒙頭大睡。窗外是黑的，屋裡只有一只昏黃的燈。他們面對面地站著，互相凝視著。良久，他伸手抱住她，她也抱住了他。

「我愛你。」他說。

「我也是。」她說。

他們擁抱著，聽著彼此的心跳，跳得平靜。

「真想洗個澡。」他說。

「是啊，身上黏得很。」她說。

「這裡空氣的濕度大。」

「到處是潮的。」

船靠碼頭，馬達聲停了，人聲嘈雜。他們走出了艙房。

天黑，船停在一壁石峭下邊。他們排在隊伍裡，走上長長的木板。木板在黑水上面，微微顫悠。

前邊，高而陡的石壁，高而陡的台階。台階前站著一排排的挑伕。他們裸著的雙腳插在水裡，手裡握著扁擔。黑夜和崖峭在他們耳後，像是黑夜和崖壁上的浮雕。他們沉默著，自有那些望石階之高之陡而生畏的人，請他們幫忙，把錢交到他們手裡。

他們沉默著，走完了木板，踏上了台階。一群孩子呼啦啦地將他們包圍了：有的提著幾簍柑橘；有的挎著一串竹籃；有的挑著兩盤小磨；有的挾著幾捲篾蓆。

「我們不買，什麼也不買。」她對她們說，掙脫出他們的包圍。

孩子們見她口氣堅決，放過他倆，去尋找別的目標。卻有一個小姑娘緊緊地盯住了他們，她手裡挎著一串竹籃。

「小朋友，我們不買。」他好言好語地和她說。

可她見他態度和藹，更加認定了他，一步不拉地跟在後面，一邊說道：「你看看我這竹籃，編得好多細啊！才八角錢一個，好多便宜！」

「小朋友，我們眞的不買。」他回過頭去和她說。

「你別理她就行了。」她說。

「我只賣七角錢，你還不買嗎？」

長長的台階，長長的石板路，路邊小鋪亮著燈光，門前一口滾開的大鍋。

他們的腳步踏在石板路上，清脆而凋零地叩響著，間著小姑娘細碎的腳步聲。

「買了吧，買了吧！我這竹籃編得好哇，保你莫得虧吃！」她不屈不撓地跟在後面，還動手去拉他的大衣。

他哭笑不得地看著她：「小妹妹，我眞的不買，買了沒用啊！」

「咋個會沒用？裝饅頭啦，裝米飯啦，有用。我不會讓你上當的。」她仰著臉望他，兩隻眼睛很機靈，機靈得有點狡黠了。紮了兩個小辮，肩上斜背了一把油紙傘，腳下是一雙自編的合腳的草鞋，褲腿捲到小腿上。他忍不住摸了摸她的頭。

的。」

她眼睛亮了，放肆地抱住他的袖子：「我說這位叔叔，你就買了吧！我不會叫你上當的。」

他無可奈何地掏出了一元錢給她：「買一個吧。」

她一把拿過錢，把一串竹籃遞到他眼前：「你挑一個！」

「隨便哪一個吧。」

她解開繩子，退下一只竹籃交給了他。竹籃編得果然乖巧：平平的底，圓圓的身，扁扁的蓋，還編出了一道道的花邊。

「我要找你三角錢。」她打開一只自家縫的錢包，找著零錢。

「算了，不要找了。」他說。

「謝謝囉！」她一點都不客氣，轉身就走了，像是怕他變卦。她一蹦一跳地向碼頭上走遠了。

他看著籃子：「眞不錯呢！」

「是不錯。」她也看著那籃子。

天色微亮，她的臉色蒼白極了，眼角的紋路十分清晰，像是極細極細的刀子深深地刻出來的。

「回去吧。」她說。

「好，回去。」他小心地提著籃子，轉身跟她走了。

碼頭上，鬧哄哄的。路燈滅了，天露出了魚肚白。

「要不要買些廣柑？」他問。

「也好。」

立即有人圍了上來，廣柑裝在自編的小篾筐裡，一簍一簍地賣。他買了一簍。

「這廣柑眞是又大又好，也便宜。」他說。

「是很好。」她在前邊走。他走在她身後，一手提著竹籃，一手提著一簍廣柑。

走上木板。木板下的水是蒼白色的，泛著綠色的泡沫。

進了艙房。一房的竹籃、廣柑，還有一張鋪開來的篾蓆。那新婚夫妻懊惱地望著這篾蓆，男的拿著一管尺在左量右量。女的說：

「別量了，再量也是一條單人蓆。」

「買的時候應該量一量的。」一個採購員模樣的上海人說。

「量的，量得好好的。」女的說。

「一定是調包了。」

「我眞想不出他是什麼時候換的。要麼就是，他幫我們疊的時候換的。唉，白講了半天的價錢！」女的只能跺跺腳。

男的還在量，似乎怎麼也不相信眼前的事實。

他忽然笑了起來。

她看著他。

「這地方的人，很有生命力。」他說。

「他們生活得很難。」她說。

「又頑強又狡黠。」

「適者生存。」

「吃廣柑吧！」他動手解簍子上的小繩，遞給她一個又大又黃的柑橘。

「怕是很酸的吧！」她端詳著這柑橘。

「酸也行。就怕不甜也不酸。」他將一只柑橘擦乾淨，用小刀戳了一個洞，用手擠著吸。像那一對年輕小夫妻的吃法。

「我沒有這樣吃過。我們家吃廣柑，總是兩個人分一只。」她掏出小刀，把柑橘一分四瓣。

「我喜歡這樣吃，媽媽不讓我這麼吃，說不文雅，吃相難看。」他一邊說一邊努力吸著。

「你們家，家教很好。」她說。

「規矩太多了。光是吃飯就有一大套。嘴裡不能出一點聲音。」

「這，我媽媽也要講的，像豬吃食。」

「筷子不能碰得碗響。還要用公筷。就那麼幾口人幾個菜，碗筷倒要洗一大堆。」

船，嗚嗚叫著，離岸了。馬達轟響。

「人好像在一個模式裡生活，一舉一動都有規定路線。」

「可是你舉止行動就和別人不一樣，很優雅。」

「我媽媽才叫優雅呢！她是教會學校出來的。女生們有一項訓練是，頭頂著一本書上下走樓梯，那書不許落下來。所以媽媽這麼大年紀了，走路還是很挺拔的。」

「那倒是很不錯的。」

「她就是這麼來訓練我的。」

「這是大家教養。」

「可是，我不喜歡！我不喜歡。」

「是啊，你不喜歡。」她看著他，眼睛忽然汪滿了熱淚。

「要說起來，我的生活是沒有什麼可抱怨的了。她，也很溫順，我說考上大學再談戀愛，她依我；我說大學畢業再結婚，她等我。我說什麼，她都依我。其實，有時候我蠻想依依她的。我總覺得缺少著一點什麼。」

「你缺少什麼？」她輕聲問。

「有時我想和她吵吵架，卻吵不起來。我想和她瘋瘋，也瘋不起來。我常常很掃興的。」他出神地說著，沉浸在往事之中。手裡下意識地擠著柑橘，清澄的汁水從那洞口冒出透明的沫沫，眼看著就要流下來。

她從他手裡拿過柑橘，將嘴湊在那洞口，大口吸吮著。眼淚從她臉頰上滾滾而落，流在柑橘上，被她一起吸進嘴裡。

「你怎麼啦？」

「沒什麼。你說吧，我喜歡聽。」她勉強笑了一下。

他猶豫了一下，繼續說：「她喜歡一切都井井有條，而我有時候卻喜歡胡來一下。上次我們去黃山，我赤著腳在溪水裡蹚水玩，她嘴裡不說，臉上卻露出很難堪的表情。我知道她是不慣的。於是興致也低落了許多。」

「你們是怎麼認識的？」

「她母親和我母親是老同學，小時候，我們也在一起玩過，大了之後彼此也沒什麼深刻的印象。後來，大家的父母都有了這種意思，我們又重新認識了。她很漂亮，打扮也不落俗。我們就相處了下去，沒遇到什麼波折。」

「是這樣的。」她耳語似地說。

他們坐在那裡。太陽很好，燦燦地照進房間。人走空了，都去排隊買中午飯票了。

他們坐在那裡，膝蓋幾乎碰著了膝蓋，手放在膝蓋上。誰都沒有動。

「吃飯嗎？」他問。

「當然。」她說。

他們一起走出去，排隊，等吃飯。船在兩壁石峭裡行走，石峭上有一些橘子樹，有一個人，對著輪船招手。

「他像是很高興有一艘船過來。」他說。

「這裡幾乎沒有人。」她說。

「很寂寞啊！」

「是啊，可是人多了又嘈雜。」

他們吃飯。飯仍然是硬，菜是炒腰花，有一股腥味兒。

「要能洗個澡就好了。」他又說。

「是啊。」她隨和著。

走出飯廳，太陽好得了不得，光芒四射。

「我說，」她站住了腳，望著江水，「到了重慶，你返回去好了。」

「我？爲什麼？」他驚訝地看著她，臉紅了。

「我覺得，她，對你很合適。」

「可是，我愛的不是她，是你。」他激昂起來，去抱她。

她讓開了：「我覺得，你還是回去的好。」

「不。當我踏上輪船的那一瞬，我就決定了。我知道，我們是不會有退路了，沒有退路。你想想，人們將怎樣議論我們。」

「議論夠了，就不議論了。」

「她……」他脫口而出，又煞住了。

她微笑了：「她會接納你的，當然，要有一個過程。」

「還有媽媽。」

「她會哭，哭過了便笑了。」

「你父親也不會放過我的。」

「這你放心，他是講道理的。他對外人都通情達理，就是對自己家人凶。」

「那麼你呢？你怎麼辦？」

「我？我不想回去，我是眞的不想回去。」

「爲什麼？」

「我其實並不爲了你出走，並不僅僅爲了你。」

「是這樣？」他看著她，退後了一步。

「不，不，也是爲你，不過，這不是全部。」她朝他走近了一步。

他搖著頭，後退著。

「別生氣，我自己才剛剛曉得這一點。原諒我。」

「你不愛我了？」

「哪能。愛得要命。」她抬起眼睛，溫柔地看著他，她從來沒有這樣溫柔過。

「眞的？」

「眞的。愛得像媽媽愛孩子，其實，我早該作媽媽了。愛得還像姊姊愛弟弟，我弟弟是我背大的，後來爲了頂替，他連話也不和我說了。我的愛，只有我自己才懂得。」

「不，我們在一起。我們說了，在一起的。」

她不說話，重新去看那江水。

兩壁石峭挾持著船，船在走。

「我和你在一起，我不走。」他喃喃地說。

她慈愛地看看他，然後說：「咱們去吃柑橘吧！」

船艙裡，一個四川人正在講峨嵋山的猴子：「牠們很講道理的，曉得你眞沒得東西給牠們吃，牠們不會耍蠻。對牠們要有禮貌……」

「上峨嵋山，一定能看到佛光嗎？」有人提問。

「要上到金頂。要在下午三點鐘之前上到金頂，要有好天氣。」四川人說。

「我們串聯時，一個同學執意要去峨嵋山。」她說。

「他看到佛光了嗎？」他問。

「不曉得。以後沒再和他聯繫過哩。」

「我們那年暑假去了桂林，看到了石林。」

「雲南也有石林。」

「很多地方有。」

「我有一個同學去了雲南，再沒回來過。據說他去了緬甸。」

「上海人，遍地皆是。」

「還有一個同學去了黑龍江，在大煙泡子裡凍死了。」

「大煙泡子？」

「就是暴風雪呀！」

「哦。」

「本來我也想去黑龍江，結果政審沒通過，我爸爸參加過三青團。」

「那時候什麼事都要政審。」

「其實我爸爸是個最沒用的人，糊裡糊塗地參加了三青團。」

「像不像《紅岩》裡的蔣對章？」

「他就是和我媽媽吵架有本事。不過說起來，我媽媽也夠厲害的，能和她在一起生活幾十年，也難為我爸爸了。」

「你媽媽總也有對他好的時候。」

「我不知道。我只知道他們吵、吵、吵。我眞想逃。」

「也難爲你了。」

「那年動員社會青年去新疆，我偷偷去報了名。」

「你眞夠有魄力的。」

「結果沒批准，因爲我才小學六年級。」

「算你運氣。」

「我總想去一個地方，和自己的地方完全不一樣的地方。」

「人都是這樣。」

房間裡的人都睡著了。

「要不要睡一會兒？」他問。

「也好。」她站起身，爬上了鋪，輕靈得像一隻貓。

他躺在下鋪，望著門外。欄杆前站了一個男人，不知爲什麼，穿了一件救生衣。仔細一看，才看清那是一件頗像救生衣的羽絨背心。他對著灰色的石峭站著，背著手。

她躺在上鋪，望著門外，光禿禿的山崖，有幾棵樹，一兩座小房子，再沒有人了。

石峭嚴嚴地鎖住了長江。石峭沉默著，緘默了多少故事？不知道。

灰色的峭壁從他眼前移過。

光禿禿的崖頂從她眼前移過。

馬達突突突突地響。

陽光黯淡了。

喇叭裡在叫，布置著晚飯。人們醒了，翻身坐起，準備著去夜餐。

他沒有叫她，以爲她還沒醒。

她也沒有叫他，以爲他還沒醒。

後來，她翻了一個身。

「你醒了？」他問。

「你沒睡著？」她問。

「想去吃飯嗎？」

「你呢？」

「不吃了好嗎？」

「好的。」

他們依然躺著。屋裡的人逐漸走空了，只留下他們，一上一下地躺著。

他看著灰色的石峭，逐漸逐漸變黑。

她看著石峭頂上那條藍色的天，逐漸逐漸變黑。

吃飯的人回來了。

回來的人開始講重慶的故事，重慶小三峽的故事。

小三峽的崖壁上，有許多洞穴，洞穴裡有鐵棺材。人們想了多少辦法，也沒法進入那洞穴，看一看，棺材裡究竟是什麼。可是，它們是怎麼放進峭壁上的洞穴的呢？

「奇怪。」她說。什麼時候下來了，站在床邊。

「奇怪。」他也說。她眞是像一隻貓一樣的輕靈，他還想。

「快到重慶了。」她說。

「是啊，眞想洗個澡。」他說。

她彎腰從小簍裡取出柑橘，開始吃柑橘，她像吃橘子那樣剝皮，剝得性急，一手的汁水。

他也吃柑橘，用刀切，他沒有耐心那樣地吸吮了。

她走出門，把剝下的橘皮，扔到江裡。

他也走出門，把橘皮扔到江裡。

船在狹狹的江裡走，貼著峭壁。

「我，我說。」他說。

「你說啊。」她說。

「我說，我們回去吧。」

「回去？」

「是啊，回去。」

「不！」她猝然地說，「在我踏上輪船的那一瞬，我就明白了，沒有退路了。沒有退路。」

「天無絕人之路。」

「我們要回去，人們將怎麼樣地興致勃勃地議論。議論個沒完。」

「不會沒完的。議論夠了，就不議論了。」

「那個麗麗，還是娜娜，她究竟叫什麼？」

「她叫蔓蔓。」

「她不會和你結婚的。」

「沒法子，我自作自受。」

「我呢？我父親會打斷我的腿。」

「領導會做工作的。」

「不，不。」

「一切都會過去的。咬咬牙，硬硬頭皮，就會過去的。」

「不，不不，我不回去。」

「我，回去。」

她不說話了。

他也不說話了。

船下，江水湍湍地流。

「也好。」她說話了。

「你和我一起回去。」他說。

「不了。」她溫柔地對他笑了一下，「我出來，並不僅僅爲了你。」

「爲什麼總說這樣的話？」

「是這樣的，我誤會了。」

「誤會？你說得多輕鬆。」

「誤會並不輕鬆。」

「不，不是這樣的。」

「其實，你媽媽那時不來找我，什麼事也不會發生。」她說。他看著她。

「我只喜歡和你在一起，聽你說話，看你做事情，就是這樣。」他看著她。

「後來，大家都說我們是那個了，我也就這麼以爲了。」她笑了，心碎成了碎片。

「其實，我別的都沒什麼，就是捨不得媽媽。」他說。

她看著他。

「我想，媽媽養我這麼大，沒享我的福，也不能叫她太難爲了。」

她看著他。

「我是有牽掛的人了。」他笑了一下，眼淚流了下來。

她伸出一個手指頭接住他的一滴眼淚，用舌尖舔了一下，然後含住了手指頭吸吮著。

「我對不起你。」

她搖搖頭，意義不明地笑了一下，含著手指頭。

「我該怎麼來補償你？」

「你給了我很多。」她放下手，抬起臉看他。

「笑話。」他苦笑。

「我沒有什麼遺憾了。」

「不，」他拉住她的手，「你和我一起回去。」

她伸出手，幫他把圍巾在脖子上繞了一圈，掖好，扣上大衣鈕子，壓住圍巾。

前邊有燈光，江面開闊了，船嗚嗚地鳴叫起來。

「到了。」她說。

「回房間收拾東西吧。」

「好的。你先回去，我去一下廁所。」

他獨自個兒回了房間，把筐子裡的柑橘重新裝進了籃子，毛巾牙刷也收拾在了籃子裡。一個手提箱，一個籃子，多了一件行李。他打量著，等她，她再沒回來。

過道裡，樓梯上，滿滿地站著人，他走不過去。也許她同樣地走不過來，他想。

船靠岸，拋錨。下船了。他再沒看見她。

滿山的星，滿天的燈。她在哪裡呢？

重慶。這座石頭城陰沉地靜默著，緘默了許多故事。

無窮盡的台階。抬頭望，是一堵堵的石壁。在那一層層的台階和石壁中間，幽深地閃爍著一點點燈光。在這岩石的沉默中，流動著莫測的生活。

她在哪裡呢？

石頭城緘口無言。

他走上台階，又走下台階，石壁鎖著，他敲不開那緘默。只聽見腳踏在石板路上的叩響，使這靜默更深沉了。

他終於疲倦了，回到了朝天門碼頭，望著滿天的燈和滿山的星等，等著天明。天亮有一艘船從這裡出發。

他從口袋裡掏出一張報紙，展開，看那電影廣告欄目，最邊上有一小則尋人啓示：一男一女兩張相片，相片很小，很模糊，下面寫著各人的年齡特徵，底下有一句話：「孩子，快回來！媽媽。」

他忽然一激靈，收起報紙，回頭看看。他覺得有人走過來，像貓一樣的輕靈。沒有，是一陣風。潮潮的風。潮潮的霧氣，燈和星滯在霧氣裡。身後是緘默的石壁。

四等艙裡，有一個旅客，作了一個奇怪的夢。他夢見，在船上有一個面色蒼白的男人，年紀大約有三十三四歲。他沉默著，像有什麼心事。他上上下下、前前後後地跑著，很不安寧的樣子，像是在找什麼。他看得好奇，就主動搭上話去，問他找什麼。不料他一驚，臉色越加蒼白。那旅客看出他不止三十三歲這個年紀，總有三十七八了。他連連搖頭說沒有找什麼，不過是隨便走走而已。他露出心神不定的樣子。慢慢地，他們便聊了起來。那面色蒼白的男人對他講了許多故事，有北大荒的大煙泡子，峨嵋山的佛光，廣西的石林，等等。船過巫峽了，男人告訴他，以前，葛洲壩沒合攏的時候，三峽更要高陡，江面很窄，道路險得多。如今，好多了。忽然，夢醒了。睜開眼睛一看，船正過巫峽。兩岸峭壁，扶持著船，船在壁下走。

一九八四年四月十一日於上海
一九八五年二月七日於上海
一九八五年二月十八日於上海

烏托邦詩篇

我是以我的對一個人的懷念來寫下這一詩篇。

對這一個人的懷念變成了一個安慰，一個理想，似乎在我心裡，劃出了一塊淨土，供我保存著殘餘的一些純潔的、良善的、美麗的事物；還像一種愛情，使我處在一雙假想的眼睛的注視之下，總想努力地表現得完善一些。

我後來知道，一個人在一個島上，也是可以胸懷世界的。在交通和印刷業蓬勃發展的今天，知道世界不再是一件難事。人們可以通過書本、地理課程，以及一些相對有限的旅行，去想像這一個巨形球狀的世界。時差是最具體不過的說明，它使地球的理論變成常人可感的了。但是我想，這個人卻不是從這些通常的途徑得知世界的，我想他是從《聖經》的那一節裡得知這一知識的。《聖經》的那一節是〈創世紀〉的第十一章，《聖經》說：「那時，天下人的口音言語，都是一樣。」後來，他們商量要造一座城，城中有一個塔，塔頂高聳入雲，猶如航海業誕生以後海中的燈塔，使得地上的人們不會分散。接下來的一節，題目就叫做「變亂口音」。「變亂口音」中寫道：「耶和華說，看哪，他們成為一樣的人民，都是一樣的言語，如今既做起這事來，以後他們所要做的事，就沒有不成就的了，我們下去，在那裡變亂他們的口音，使他們的言語，彼此不通。於是耶和華使他們從那裡分散在全地上，他們就停工不造那城了。」於是，他這個人就不僅知道了現在：世上人被耶和華的力量分散與隔膜的狀況；而且也知道了過去：曾經有一個可能，世上人是歡聚在一起，由一座通天的塔標作召喚，互相永不會離散，好像一個燈火通明的晚會——晚會是我這樣墮落的現代人唯一能夠想像的眾人聚集一處的情景。當這個人還是個孩子的時候，在那西太平洋小島的氣候溫濕的鄉村裡，他一定作過許多次的夢，夢見許許多多的人在一起，同心協力，建造一座城。人們像一家人一樣生活在一起，勞動在一起。後來，海峽對岸的陸地上，那一些轟轟烈烈的群眾性革命運動的壯觀場面，使他以爲他的夢想在世界一部分地區實現了。他是通過收聽短波這樣的地下活動了解這壯觀場面的，這種地下活動不久就將他送進了監獄。那時候，這個島上的工業化程度還不足以衝擊他的寧靜鄉村，這個島所依附的那個大國還處在經濟大蕭條的繁榮的前夜，危機沒有來臨，這個人還可以再作上一段溫馨和諧的童年的夢。我所以判斷他是從《聖經》裡了解世界的概況，是因爲這個人的父親是一名牧師，這給了我譜寫詩篇的根據。我還想像在他小小的頭腦裡，會生出這樣的念頭：爲什麼耶和華要做這樣的分散人們，用語言隔離人們的事情？耶和華爲什麼害怕人們的力量大過他自己？因爲耶和華無疑是善的，而人們無疑是不善的嗎？關於耶和華，我的想像力到此已經窮盡，《聖經》於我，既像是一本天書，又像是一本童話書，深的太深，淺的太淺。而他又與我相隔很遠，我無法將他腦子裡的問題一一套出來。我是以我的對一個人的懷念來寫下這一詩篇。

相隔很遠很遠地去懷念一個人，本來應當是一件令人沮喪的事情，因爲這種懷念無著無落，沒有回應。可是在我，對這一個人的懷念卻變成了一個安慰，一個理想。他離我多遠都不要緊，多久沒有回應也不要緊。對這個人的懷念，似乎在我心裡，劃出了一塊淨土，供我保存著殘餘的一些純潔的、良善的、美麗的事物；對這個人的懷念，似乎又是一個援引；當我沉湎於紛紜雜沓的現實的時候，它救我出來瞭望一下雲彩霞光，那裡隱著一個輝煌的世界；對這個人的懷念，還像一種愛情，使我處在一雙假想的眼睛的注視之下，總想努力表現得完善一些。這是一種很不切情理的懷念，我從來不用這樣的問題打擾自己：比如「這個人現在在哪裡」；比如「這個人現在在做什麼」。他的形象從來不會浮現在腦海中。在我的懷念活動中，我從來不使用看和聽這些感官，我甚至不使用思和想這樣的功能，這懷念與肉體無關。這種懷念好像具有一種獨立的生存狀態，它成了一個客體，一個相對物，有時候可與我進行對話。這懷念從不曾使我苦惱過，從不曾壓抑過我的心情，如同一些其他的懷念一般。當偶然的，多年中極少數一二次的偶然的機會裡，傳來關於這個人的消息，則會帶來極大的愉快，這愉快照耀了在此之前和之後的懷念，使之增添了光輝。我的懷念逐漸變化成爲一種想像力，驅策我去刻畫這個人。這是一種要將這懷念物化的衝動，這是一個冒險的行爲，因爲這含有將我的懷念歪曲的危險。我寫下每一個字都非常謹愼，小心翼翼，如履薄冰，我體會到語言的破壞力，覺得險象環生。要物化一種精神的存在，沒有坦途，困難重重。所以我要選擇「詩篇」這兩個字，我將「詩」劃爲文學的精神世界，而「小說」則是物質世界。這是由我創導的最新的劃分，創造新發明總是誘惑我的虛榮心。就是這種虛榮心驅使我總是給自己找難題，好像雞蛋碰石頭。

還是從頭說起吧，我和這個人最初的相識是在一本書裡。這本書裡有他的一篇小說，寫一個三角臉和一個小瘦丫頭，命運將他們胡亂拋在一處，讓他們相依相靠。這小說打動我的是，作者將相濡以沫這一種情狀寫得感人至深，使這一個情義款款的人間常事顯得非同尋常。它集渾厚與溫柔於一身。我就想：具有這樣的情懷的人該是什麼樣的一個人呢？能將情感體味如此之深的人該是什麼樣的一個人呢？這個人心中的情感的源泉是什麼？來自何處？那時候，我年幼無知，喜歡作愛情夢幻的遊戲，可是即使是這樣異想天開，我也不對這個人的情感有所希冀。因爲我覺得這個人的情感是一種類似神靈之愛的情感，而愛情是世俗之愛，世俗之愛遍地皆是，俯手可得。像我這樣生活在俗世裡的孩子，沒有宗教的背景，沒有信仰，有時候卻也會嚮往一種超於俗世之上的情境。我也會爲這種情境製造偶像和化身，這種製造活動會延續直至成年。在開始的時候，卻是情不自禁，不知不覺。記得我當時所讀的那本書是與我們隔絕的那個島上人寫的文字。我們和那個島隔絕了多年，多年裡，我們互相編派著對方的故事，爲了使我們彼此憎惡。憎惡的情感在我們心中滋生增長，好像樹木一樣，而我們在樹下乘涼。關於三角臉和小瘦丫頭的故事打動了我的心，這是一個難以言說的故事，一說出口就要壞事似的，立即會變成一個凡夫俗子的甚至傷天害理的有背傳統倫理的街頭傳聞。爲了保護這個故事，我長期以來把它緘默掉了。當人們議論它時，我總是掉頭走開，從不參加。這是我和這個人最初的結識，在一本傳閱了多人，翻得很舊的書裡。這個人有一種奇異的愛心。「愛心」這兩個字是我成年以後才逐漸找到的。這愛心很大，又很小；很抽象，又很具體；很高，也很低。像三角臉和小瘦丫頭這樣的兩個可憐蟲，要說他們有什麼資格承受這樣的愛心呢？然而是否正因爲它是這樣不計條件，它便可大到無限處了呢？這種愛意是這樣無微不至的嗎？即使是對三角臉和小瘦丫頭，這愛也沒有顯出絲毫的俯就之感。這愛心奇異地感動了我，這便是三角臉和小瘦丫頭的故事引起我注意的原因。這原因是我成年以後所總結的，當我總結出這樣的感動的原因，能夠以「愛心」來爲這情懷命名之後，我才敢於來複述三角臉和小瘦丫頭的故事，並且將這故事作爲我對這個人的懷念的懵懂的開端。

三角臉和小瘦丫頭的故事是我認識這個人的一顆種子，埋在了我的經驗的開初階段。在這開初階段，我廣泛地接納各種印象：有淺的，如蜻蜓點水；也有深的，成爲一個身心的烙印。這個階段，我的身心都處在一個建設的時期裡。我要進行物質和精神的兩種基本建設。我的名和利的思想都很嚴重，渴望出人頭地。我想，於我來說，作一個作家才可名利雙收，因爲我沒有任何技能。而書寫一些文字並不能算作技能，也無需本錢，紙和筆都很廉價，我的時間也很廉價。我白天裡上班，夜晚就寫啊寫的。那時候，外面的世界千變萬化，對世界的觀念日新月異，令人目眩，甚至已經將來自我們自身經驗的觀念淹沒。雖然我及早地了解到，要想出人頭地，非得堅持來自個人經驗的觀念不成，因爲只有這樣的觀念才可有別於他人，突出自己。因爲我知道作個作家就是立一個山頭，要立自己的山頭而不是去給別人的山頭添石加土。儘管這樣，我也不免爲各種觀念衝擊得搖搖欲墜。幸而我的天眞挽救了我，我的天眞的另一個同義詞是幼稚。我很天眞或很幼稚地將我的一些經驗寫下，沒有運用技巧，也不會鍛鍊文字，甚至不會運用我的觀念以作透視，豈知這反倒誠實地表達了我的觀念。可是我在思想上卻總是奔赴最前列的思潮，這些思潮以其新奇與危險強烈地吸引了我。幸虧我追隨這些思潮只是快樂的旅行，而我自己的樸素的觀念則是我眞正的家園。當我寫作的時候，就總是回家，寫作完了，再去旅行。這時候，我忙忙碌碌，神經兮兮，一會兒快樂，一會兒苦悶，目標基本上很明顯，意志也很堅決，還很狂妄。我已經把三角臉和小瘦丫頭的故事忘記得一乾二淨，我並不知道，其實我正在走向這個人。我的這一切努力，其實都是在爲認識這個人作準備。當時我並不知道，三角臉和小瘦丫頭的故事對於我會有什麼意味，在那時候，這是未來的事情。

後來，我在美國見到了這個人。那是在美國中西部，離密西西比河不遠的，盛產玉米的地方，有一個大學。每年秋季，便舉辦爲期三個月的「國際寫作計畫」，來自許多國家的作家們聚集在這裡。其時，樹葉一層一層地紅了。我是跟隨我的母親，一個城市孤兒和解放戰士出身的作家，去到那裡。我們乘了許多小時的飛機，在舊金山和丹佛轉乘，把鐘錶的指針一會兒撥到這，一會兒撥到那，昏頭脹腦地飛到了目的地。在接機的人群中，有這個人。他穿一件桔黃的襯衫，他很高大，他有啤酒肚，他的眼睛很「仁慈」。「仁慈」是成年以後逐漸找到的兩個字，當時我是用「親切」這兩個字暫時替代的。當時我不懂頭昏脹腦，還愣頭愣腦，不僅是時差的關係，一股人造器材，如塑料、橡膠之類的氣味，混雜著人體的化妝品氣味，以及車輛的廢氣，合成一股我命名爲「外國味」的東西，使我眩暈，神志恍惚。後來，每當我嗅見這股氣味，我便陡然地想起到達我的美國目的地的這一個不知是黎明還是黃昏的時刻。後來，隨了中國現代化的進程，這股氣味也逐步普及，於是，它所喚回的情景便也因爲頻率過密而逐漸淡化，就像電影裡時常使用的淡出的效果。天邊變幻著不知是早霞還是晚霞的雲彩，好像一幅古典浪漫時期的油畫。我茫茫然、磕磕絆絆地隨了人群去取行李，上車。在車上，這個人對我說：你的發言稿我已經看了，我父親也看了，父親看了後很感動，說中國有希望了。我不知道這人的父親是誰？也不了解我的發言稿中哪一部分聯繫了中國的希望，可是這個人的誇獎卻使我心底陡地升起了一陣快樂，這陣快樂甚至使我清醒了片刻。我那時以爲我的快樂是因爲引起了一個成年人的注意。我是那麼擔心受到漠視，尤其跟隨了功成名就的戰士作家母親。後來，我知道了這個人的父親，這位父親的有一段話使我永生難忘。那是說在這個兒子遠行的日子裡，遠行是一種象徵和隱喻的說法，它暗示了這個人的一段危險與艱辛的經歷，這不僅意味著離家的孤旅，還意味他離開他相對和諧的早期經驗，走入殘酷的階段。它具體的所指，大概是「入獄」這一樁事吧。在這個人遠行的日子裡，他的父親對他說：

孩子，此後你要好好記得：

首先，你是上帝的孩子；

其次，你是中國的孩子：

然後，啊，你是我的孩子。

在多年之後，這成了我的詩篇的精髓，是我詩篇最核心的部分。這個人的父親是一位牧師，我想像他在那個濕潤的多雨的鄉村禮拜堂裡布道，我的心裡又激動又靜謐，又溫暖又沁涼。受到他的誇獎，是多麼快樂的事情啊！現在我記起來了，那是黃昏的時刻，夕陽染紅了那條蜿蜒的河流，有野鴨子在河岸樹叢中嘎嘎地叫，我們遇到了一個汽球旅行家，一個老小孩，他表情莊嚴地徐徐升上天空，他的五彩氣球從我們頭頂飄揚而去，我覺得置身於一個童話的世界。當我覺得置身於一個童話世界的時候，我陡然地覺出了身心的疲憊和蒼老，我的成年時期陡然地開始了。

在這個年輕的國度裡，我們文明悠久的東方人從出生那一天起就是成年人了。我們的嬰兒時期以及少年時期和青年時期是像蠶蛻那樣的東西，只是使我們的形體有所變化，而內中的生命之核則生來俱成，待到蠶作成了蛹，待那蛹再作成了蛾子，便是我們的死亡。我們的死亡就像蛾子那樣灑脫、美麗、自由，有飛翔之感。我們花盡了一生去培養這個死亡的時刻，充滿了感傷神祕的詩意。我們這些詩意的東方人，走在這個國度的玩具般的簇新的房屋前的甬道上。鮮花盛開，綠地靜悄悄，樹木掩著木桌木椅。忽然間，出現了一個小小的兒童樂園，樹樁和圓木搭成滑梯和鞦韆架，沒有人跡和足音。我學著那些調皮的兒童樣，坐在鞦韆上，用腳尖急促地點地，想作一次高昂的起飛。可是鞦韆總是沉重地落下，我沮喪地想，我再作不成一個孩子了。那時候我總是穿一條白色的連衣裙，夾著書本，到綠地裡去找一張桌子，讀書。我其實並不眞地去讀書，只是爲了冒充一個樹林子裡讀書的女孩。我曾經爲自己設計過多種角色，林子裡讀書的女孩便是其中的一個。我特別想作一個孩子，作一個孩子，而我力不從心。在我們作客的這個城市裡，有三分之二的居民是大學裡的學生。男孩們和女孩們手拉著手，從街上走來走去，在太陽當頭的正午，躺在草地上曬太陽，草地上就好像開滿了五色的花朵。我最喜愛的圖畫，是黃昏時分，下課的孩子們在河上蕩槳，落日的逆行的光輝將他們照成剪影，從金光燦燦的樹叢後面滑行過去。每天這個時刻，我都站在我的面朝河流的大樓窗前，觀看這一幅圖畫。這時刻又總是寧靜異常，所有的聲音都爲這一時刻偃息著，等這一時刻隨了小艇滑行而過，再重新噪然而起，好像一個歌詠。我的臨時棲宿的窗戶，框下了這幅圖畫，使我感覺到一個排斥，告訴我：你永遠進入不了。

現在我想起來了，我的發言稿內容大意是：像我們這一代知識青年作家，開始從自身的經驗裡超脫出來，注意到了比我們更具普遍性的人生，在這大人生的背景之下，我們意識到自身經驗的微不足道。這個人的父親所看到的希望是這個嗎？我多麼慚愧啊！我其實距離這個父親的希望很遠很遠，我其實只是在談一個文學的問題，我想表達的只是：如何使我們的小說表現得更深刻。我的意思是：個人的對其經驗的認識是有限的。要以大眾的廣闊的經驗去參照個人的經驗，從而產生認識。我覺得其中有一個微妙的矛盾，那就是，個人的經驗是獨特的，卻是有限的，大眾的經驗可提供無限認識的機會，可卻是普遍的。怎樣處理好個人經驗的獨特性和大眾經驗的普遍性關係？怎樣處理好大眾認識的無限機會和個人認識的有限機會的關係？我一心要作一個作家，我將人生的內容全演化爲文學的象徵性符號。我欺騙了這個人的父親的喜悅，我將要使他失望了。要使他失望的恐懼和悲哀抓住了我的心，他的喜悅和希望於我已成了一種光榮的象徵，辜負了他會使我遭到莫大的損失，我不願受損失。

我其實被我的經驗糾纏個不休。我曾經用文學來將自己從這些經驗中解救出來。可是在人家的國度裡作客的日子裡，在這些不寫作的日子裡，我的經驗又回來了。我發現文學無從將我從經驗中解救，我的文學沒有這樣的力量，我的文學充滿了急功近利的內容，它刻求現世現報，得不到回應它便失去了意義。現在我又記起來，我是那樣喋喋不休，抓住空子就向這個人訴說我的經驗。爲了不使他忽視，我無形中加油添醬，誇張與強調是我慣用的手法。我不知道我爲什麼要這樣地用自己狹隘的經驗去麻煩這個人，這個人難道對傾聽我的經驗有什麼義務嗎？我爲什麼要把這個義務強加給他？我幾乎把我這個人最初的好印象全砸了，如不是我是徹底的誠實，我就要把事情全弄砸了。要是事情全弄砸了，那是多麼糟糕啊！我現在回想起他那時臉上流露出的、對我無話可說的表情，這表情曾經使我又傷心又委屈。我非但沒有知趣地改變話題，反而加倍地訴說我的經驗，我的經驗在我反覆的敘述中越來越褊狹。我爲什麼要把明明是我自己的經驗去折磨這個人呢？這個人與我有什麼關係呢？很久很久以後，我才發現，冥冥之中，我選擇了這個人作解救我的力量，我覺得他能夠解救我。我拿我狹隘的乏味的經驗無休止地去麻煩他，當他試圖制止我時，我的態度就越發激烈。我那時是多麼危險啊！我如要使這個人心生厭煩，可怎麼辦呢？那時候，我有多少地方足以使他對我失望與厭煩的啊。我想，他不喜歡我在超級市場推了小車，情緒昂揚地走在滿架的貨物之下，好像在作一次遊行；我想，他不喜歡我熱情地隨了人流去野餐，將煤球裝進烤爐，澆上酒精，一點即著，烤著半生不熟的肉餅和玉米棒子；我想他也不喜歡我坐在沸騰如開了鍋似的看台上，觀看美國足球，像那些美國佬小孩一樣大聲疾呼。

看美國足球是一個重要的事件。雖然於今相隔了很多的日子，那日的情景卻歷歷在目。觀眾的呼聲如同海潮，此起彼伏，無休無止。碧晴的天空在我的回想中眩著眼目，一架銀色的飛機在足球場的上方飛來飛去，好像一隻大鳥。啦啦隊在球場四周舞蹈跳躍，敵我雙方的吉祥物作著種種挑釁和鼓舞的表演。人們身著黃黑兩色的衣帽，黃黑兩色是本城隊伍的標誌，兩色旗高高飄揚。那是一個寒冷的大風天，人們裹著毯子，喝著飲料。風吹透了我單薄的身體，我從頭至尾打著寒戰，牙齒格格響。那眞是一個重要的日子，許多細節在此時此刻浮起眼前，又退下去，好像潮汐，夜長日消。懷念是件很好的事情，它可篩選我們的繁雜的經驗，留出那些最最寶貴的，聚集在一起，在我們時常經歷的黯淡的日子裡，鼓舞我們。懷念還具有一種很好的功能，它可使我們的經驗，按照比時間空間更眞實的原則，重新組織，讓這些經驗得到轉變，成爲最有益的記憶。看美國足球所以是一個重要的事件，是因爲它好像一塊磁石，將一系列鬆散的事情和人物，吸引到一起，組成一個詩篇的結構。構成這個重要事件的，其實僅只是一句話。

在我們那一期的「國際寫作計畫」裡，有東德和西德的作家，有阿根廷的作家，有巴勒斯坦和以色列的作家，有波蘭的作家，有南非的作家。我們平時各管各的，我們各有自己民族的朋友，這些朋友大多是留學生和移民，幾乎全世界的民族都有自己的移民在這個國家裡。舉行活動的時候，我們就聚在一起。這些活動以晚會爲多，我們吃、喝、唱歌、跳舞。人們總是拉我唱歌，他們不樂意看到一個東方女孩沉默不語。他們以爲我這樣年紀的女孩，跟了母親來旅行美國應當玩得高高興興。由於吃黃油與肉類過多的緣故，我臉上起了許多疙瘩，這使我看上去就好像一個青春期的大一女生。人們爲了使我開心，眞是想盡了辦法。他們找來天鵝的潔白的羽毛送我，他們到豬圈裡捉一隻乾淨的小豬塞在我懷裡，他們把我送上康拜因的駕駛室，讓我觀看收割玉米，豈不知這都使我熱淚盈眶。我淚眼婆娑地看見了我的青紗帳，在那裡我度過了從十六歲到十八歲的少女時光。他們大聲地拉我唱歌，我只得唱一支東北小調，我唱來唱去只會唱這一支東北小調，歌詞是：小妹妹送情郎；送到大門外，淚珠幾千行；掉呀掉下來，天南地北你可要捎封信，莫把小妹妹忘呀忘心懷。每當我唱完第一句，這個人就用刀叉敲打著碟子，合上我的節拍，爲我伴奏，我至今不忘那叮淙的碟聲。我想我們的許多歌都是關於離別的關於離別的，歌占了我們歌曲的大部分。離別的時候，要叮嚀的話是說也說不完的。離別時的叮嚀是我們說話中的一個重要部分。

在我們那一期的「國際寫作計畫」裡，有一個來自東德的男作家，和一個來自西德的女作家。多年之後的今天，柏林牆已經拆除，我們自由往來於東西德間，回述這段往事是多麼動人心魄。而像我們這樣短暫的微小的生命，卻經歷了歷史長期準備後形成演變的偉大瞬間，又是多麼幸運。那一個東德人高高大大，卻有一雙藍眼睛，這雙藍眼睛使他臉上有一種童眞的神情。來自西德的則是一個憔悴的女人，她一生中經歷了逃亡和離婚兩個大事件。她本是東德人，後來逃到了西德。他們這兩個德國人形影不離，同出同進。那時候，每隔幾日，在我們住的公寓裡就要舉行晚會。在晚會上，詩人們就用自己的語言朗誦自己的詩歌，各種各樣的語言在空中飛行，變成一種僅僅是聽覺的東西，好像音樂。有一天，東德人來晚了，沒了座位，於是他便坐在西德女人的膝上。當我成年以後，經歷了許多離別與重逢的事件，身心又疲憊又感傷，再回想那一個場面，不由怦然心動。那個有著大男孩一樣純潔藍眼睛的強壯男人，坐在那憔悴的、早衰的、神經質的、面目醜陋的、身心交瘁的女人的脆弱的膝上，有一股屏除了男女歡愛的純粹的情愛之感，一股暖流注滿我心中。在那很長一段時間裡，我一直厭惡這女人，她總是那樣醉醺醺，淚汪汪，聲音嘶啞。後來她曾經有一次來到上海，當我們見面時，我明明看見她想要吻我，可我裝作不知道迴避了。現在，我的眼前出現了當我迴避了她的親吻，她黯然退之的神情。我還想起那個寒冷的悲慘的夜晚，當我們大多數人聚在一處舉行晚會的時候，她跳進了冰冷徹骨的河水。事情是這樣發生的。在「國際寫作計畫」期間，每個星期要舉行一次報告會，根據地理和行政分成小組。她不願參加西歐組，而東歐組不要她參加。她是懷了被拋棄的心情踅進黑壓壓的樹叢，走下河岸。夜晚的河岸沒有人，野鴨子也回家睡覺了。沿河的學生公寓亮著燈，響著震耳欲聾的搖滾。她想：她無家可歸，無所歸依；她想：人人都有家，野鴨子也有家，而她沒有家。家是我們出門在外的人最重要的東西，是我們旅行的終極目標，沒有家我們哪兒也去不成。

看美國足球是我那一次旅行中的一個重要事件。那沸騰的景象是我有生以來頭一次領略。那麼多的人，爲了這樣一件小事激動和高興。一個人怎麼會這樣高興？高興竟是一個人的很重要的心情？我和這個後來我所懷念的人坐在沸騰的人群裡，我們穿得都很單薄，尤其是我，寒風瑟瑟，我們矜持地坐著。有一個吹氣的巨大的美國足球在看台上空被人們傳來傳去。每個人都要去拍打它，拍打了它好像中了彩似的，歡快無比。巨型的電子屏幕上打出進球的球員的形象，場內一片歡騰，山呼海嘯。我努力使自己興奮，去附和人們的情緒。就在這時，我身邊的這個人，忽然站起身，向著狂歡的人群大聲叫道：

傻瓜！你們這些傻瓜！

他的聲音刹那間被風聲和人聲的浪潮席捲而去。我忽然發現，我們這兩個中國人在這歡樂的海洋中是多麼的寂寞。我們無依無靠，我們其實一點都沒弄明白他們爲什麼這樣高興，他們的高興與我們相距甚遠，有咫尺天涯之感。看美國足球是我美國之行中最寂寞的時刻，又是最溫暖的時刻，因爲在這一刻裡，我忽然無比欣喜地發現，我與這個人之間，其實是有一個宛如默契一樣的聯繫，這聯繫產生於我們各自出生之前就已開始的經驗的旅途之間。這經驗的旅途恰恰不是我說出來的那些，而是我沒有說，或者說不出來的那些，這經驗是什麼呢？

我現在回想，我的喋喋不休是從那一天中止的。想到我曾說了那麼多的廢話，我便深覺慚愧，懊惱萬分。我現在覺得自從看美國足球以後，我度過了一段心情寧靜的旅居生活，我不再去做那種徒然的努力：要參加進人家的快樂時光。快樂是與我無緣的，我對自己說。在人家的國度裡活動是一件特異的事情，假如沒有寧和的心境幾乎一天也過不下來。我想起我們大家爲西德女人慶祝生日的晚上，那麼多的人擠在她的房間裡，肩並著肩，腿挨著腿，就像我們中國上海高峰時間的公共汽車。我們喝酒，聊天，各人說各人的，也不管別人是否聽懂。我們中間，最活躍的是那個土耳其人，他寫詩，他說如今詩人比普通的人多，誰來讀呢？這情景頗像我們在西德人房間裡的情景，說的人比聽的人多。我們興致很高，漸漸忘記我們是爲什麼而來。西德人很快就醉得差不多了，淚眼汪汪，聲音嘶啞。我還想起。我們爲波蘭的流亡作家送行的那個晚會，也是擠了一屋子，吃著奶酪和香腸。那是一個沉默的晚會，人人言語不多，因爲波蘭作家前途叵測。他要去的地方是紐約，紐約將上演他的戲劇。紐約這樣的地方，每一天都有新的戲劇上演，有人成功，有人失敗，好像一個旋轉舞台。他好像有無窮的話要與我說，可最終卻只是揪住我的頭髮搖了搖，欲語還休。我們那時還經常在走廊上開舞會，音響震耳欲聾。我們手拉手跳著舞，哈哈大笑，我們還很親熱地你在我手裡咬一口，我在你手裡咬一口地吃著東西，腳下走著舞步。在後來的一次又一次的回想中，我越來越覺得我們這些來自全世界各國的人們的晚會，具有一種相濡以沫和苟且偷歡的味道。我們所居住的公寓八樓，就像洪水中的方舟。我們停留在我們短暫的旅居中，互相悉心照顧、呵護。

旅居之地是象徵性的樂園，而所有的旅居之地之中，又首推美國。看美國足球更是一個象徵。象徵快樂、高興、無憂無慮、無牽無絆、一身輕鬆，還象徵「傻瓜」。看美國足球是我認識這個人的，繼三角臉和小瘦丫頭的故事之後的第二個段落。在這個段落裡，我對他產生了一種類似於愛情又不同於愛情的心情。說它類似於愛情，是因爲我很無理地生出一種要壟斷他的念頭。那時候，他像個少先隊員似的，喜歡聽我母親講述戰爭年代裡的英雄故事。根據地的生活令他嚮往，人們像兄弟姊妹一樣生活在一起，令他心曠神怡。那時他剛寫作了一篇小說，關於一個革命黨人的妻子。而我總是在最關鍵的時刻尖銳地指出他思想的弊病。以社會主義過渡時期中出現的問題爲例證，說明母親們的犧牲反使歷史走上了歧途。他起先還耐心地告訴我，一個工業化資本化的現代社會中人性的可怕危機，個人主義是維持此種社會機能的動力基礎，個人是一種被使用的工具，個人其實已被社會限定到一無個人可言，個人只是一個假象。而我卻越發火起，覺得他享了個人主義的好處，卻來賣乖。我辭不達意，且氣勢洶洶。那一次我想他是眞正地火了。他說：你是故意要反對媽媽！記得他說完這話不願再聽我的分辯，當他走出門去後，我委屈難言，憤怒難言，且又傷心難言。這一刻的心情非常像是失戀，眼淚噎住了我的喉嚨。我還很樂意爲他辦事，有一次他去芝加哥，走之前將一封信和一張支票塞進我房門，請我幫他去交這一月的房租。我是那麼興高采烈，趕緊地跑下樓去交付房租。去什麼地方，有他在場我就高興，沒他在場則有一點兒掃興。他誇獎我的小說也會使我欣喜萬分，我甚至還有這樣的想法，爲了他我要把小說寫得更好。這就是類似於愛情的地方。而不同於愛情的地方則在於我連想都沒想過，要與他去親熱一下，親熱的念頭從來不曾有過，千眞萬確。這是第一點，第二點是我從來不去揣測他對我的心情，我甚至從來沒有想到過這樣的問題：他喜歡我還是不喜歡我。這些地方都與愛情有著本質的區別。他於我，好像是一個抽象的存在，我如何爲這抽象存在命名呢？爲這個抽象存在的命名其實就是這詩篇的末尾的警句。

　　當我寫著我的詩篇的時候，懷念一個人使我陶醉。我發現懷念原來是這樣完美的一種幸福。這是一種不求回報、不計名利的純粹的精神活動，這是完全只與自己有關的精神活動，它不需要任何別人的承諾，它使人徹底地沉浸在自我的思想裡。一個人的一生中，能夠有多少次懷念的機會呢？懷念還是一種很衛生的良好活動，它可使人自動地放棄肉身的慾念，享受超然物質的激動和喜悅，它使感官處在夢幻的狀態，而靈魂清醒地行動，靈魂的活動是一場歌舞。我用懷念來虛構這個人的詩篇，懷念具有想像和創造的能力，這也是我的新發現。沒有人可以限制我的懷念。在這個城市裡，動輒得咎，過馬路有紅綠燈指揮你，隨地亂扔紙屑要罰款，而我的懷念很自由，它想怎麼就能怎麼。懷念可使我們獲得自由，問題是我們有什麼可去深深懷念的？我們日益繁忙，並且實用，怕吃虧的思想使我們和人交往淺嘗輒止，自我的擴張與發揚使我們對身外一切漠不關心，我們幾乎失去所有的建設一個懷念的對象的機會，懷念變成奢侈品一樣，開始從大眾生活中退出。我慶幸我擁有懷念這一樁財富，我要倍加珍愛，不使我的懷念受一些兒玷污。

我想起有一日我們去參觀農莊，坐在大客車上，他問我回去之後準備寫些什麼。我回答很難說。他又問，寫美國還是寫中國？我說，當然寫中國。他很高興地用握在手裡的一捲報紙在我頭上敲了一下，說：好聰明的孩子。我心中激動萬分，雖然我用很長久的時間也沒弄明白，我的回答中哪一點證明我是聰明的孩子。為了不辜負他的誇獎，我苦苦地思想：為什麼我是個聰敏的孩子。想明白我是聰敏的孩子的原因，是為了使聰敏發揚光大。我思來想去也沒有想明白，只是堅定了一條，那就是：回來以後，一定好好地寫中國。可是回來之後，我卻一篇也寫不出來了。我看見中國忽然變成了一個陌生人，我對它毫不認識，我束手無措。我以為去美國旅行中斷了我對中國的經驗，我還以為旅居美國使我不再適應中國。我苦惱地想：我要對這個人爽約了。我無法寫中國了。對這個人的爽約使我難過，這就是懷念在無意識裡萌芽的日子。有時候，我因為寫不出一個字，在馬路上走來走去，心裡就想：我作不成聰敏的孩子了。可是我多麼想作成一個聰敏的孩子啊！作聰敏孩子是詩篇的第三段落，這是一個充滿了哲學意味的段落，這還是一個具有救世意味的段落。這個人一方面要用人類的普遍的苦難，掩埋我的經驗，他消滅我的經驗，他對我說：看見嗎？那阿根廷人，她的母親是一個精神病患者，那是她終身的監獄。這是他所提示於我的最令我無可奈何的一種災難，生老病死是人們永遠的災難，誰也規避不了。他的言下之意是：你那一點點經驗算得上什麼呢？可是另一方面，他又以作聰敏孩子的虛榮心籠絡我，去守住我的中國經驗，不讓我捨棄我的中國經驗。我爲什麼這樣重視他的意見？問題在於我需要一個意見，光有我自己的還不夠，我正處在一個不那麼自信卻又不承認的時期裡，於是我需要一個意見作驅策，作逼迫，作誘惑，我選擇了這個人的意見。我選擇這個人作我懷念的對象。可是他給我出了多大的難題啊！

懷了作一個聰明孩子的心願回到了中國。分手的情景是那樣的草率，簡直不值得一提。我們沒有說一句告別的話，我站在我的對了電梯的房門口，電梯前湧了一大群美國男孩和女孩，他走進電梯之前連身體都沒有轉向我。他只是背對著我，伸出胳膊，對著空中揮舞幾下，然後就走進了電梯。這幾乎不像是分別，一點不嚴肅，一點不鄭重，分手總歸要難過一下吧，就算不掉眼淚，也應當相對無言一會兒，況且，這一分手，聚首的日子遙遙無期。這也就是不像愛情的地方。過了許多許多日子，當懷念這一樁心情醞釀成熟，漸漸地開始了它的旅程。我再回顧這一個離別的場景，卻發現了其中的意味。我想：他是在向我的目送揮別，他是在用他的背影與我告辭。世界上關於分別的叮嚀是那麼重要地占據了語言的領域，而所有的叮嚀在運用了幾百年幾千年之後，已變成陳詞濫調，僅僅成爲一個儀式。而我們是用儀式之外的儀式，叮嚀之外的叮嚀來作告別，這才是眞正的告別。在這告別之後是眞正的分離。我從來不曾想過這樣的問題：什麼時候再能見到這個人呢？見到不見到這個人是無所謂的事。他所居住的那個島是我從來沒有經驗的，我想像不出他在什麼樣的環境裡活動，我也從來不去作這種想像。我忙忙碌碌地過著我的奮鬥的生活，那是一個特別忙碌的時期，似乎背負著很要緊的責任。我對周遭事物漠不關心。當我坐在我的書桌前，面對一疊空白的稿紙，心裡便想：誰能幫助我呢？誰也幫不了我啊！我覺得又孤獨又寂寞。我感到我的經驗已經被排斥了，我還能在我的稿紙上寫什麼呢？我常常開了頭，然後一瀉千里，寫得熱火朝天。熱火朝天後面緊跟著就是深刻的無聊之感，我頹然想到：這有什麼意義呢？是什麼意義驅使我這樣不停地寫，不停地寫？個人的經驗顯得那樣無聊，那樣蒼白，被旅居的日子分割得七零八落，斷斷續續。旅居的日子豐富多彩，而又浮光掠影，可以組織成一個又一個的美妙的小故事。我的作一個大人物的妄想，本能地拒絕小故事。這是一個困難的時期，我每天早晨起來，坐在我的書桌前面。我的書桌好像是我的宿命，我知道逃避不了，於是就乖乖迎上前去。我從早晨太陽升起，直坐到黃昏日落，晚霞滿天。我應當拿什麼去塡滿那成萬上億的空格，成萬上億的空格形成一個巨大的茫茫的空間，逼迫地等待著我的創造物。我的經驗和觀念全成了空白，舊的已去，新的不來，好像冬日凋零的樹幹。我想我大概在我的旅居中，將自己遺失了，那是一個容易發生遺失事件的地方。在我們的旅行中，媽媽遺失了一個箱子，這個人遺失了護照，一個香港人被搶劫了錢包，還有一個加納人遺失了一箱啤酒。旅行總難免有些混亂，人生地不熟，又想攜帶很多東西，還要購買一些紀念品。購買紀念品是旅行的一大內容，也是最容易出錯的時刻。紀念品商店是那樣琳瑯滿目，叫人眼花撩亂，目不暇接，往往顧此失彼。這時我越發相信我的困難是造成於旅居之中，我把我自己丟啦！這是一個卡夫卡式的故事，一個《變形記》的翻版。我們的時代多麼叫人悲哀，前人已將他們的山頭占滿了地盤，越是偉大的人，占地面積極大。我們只好去進行侵略，小國我們不屑一顧，大國又實力不夠。前人們沒有給我們留下一點插腳之地，我們在人家的山頭爬上爬下的，世紀末的情緒充斥我們心頭。當世紀末的情緒充斥我們心頭的時候，我們很奇妙地會生出一股自得的情緒，我們覺得我們已經匯入了國際性的思潮，就像河流匯入了大海，我們因此而在我們臉上抹去了孤寂的表情。於是，世紀末的情緒成了我們又驕傲又焦灼的心情。在我結束旅居回來的時候，這裡正流行著國際化的趨勢，這趨勢使我們輕視我們的經驗，誇大了我們經驗的局限性，「人類的背景」是我們追求的目標。

多年之後，有一個外國人，風塵僕僕，揹了一個沉重的背囊，他找到我後，傾囊而出一堆雜誌，他的背囊轉眼間輕飄無比。這雜誌的名字叫做《人間》，總共有十來本。大十六開的版面，印刷精美，紙張優良。外國人說，他是從這個人的島上來，這個人託他帶來這些給我。《人間》雜誌是這個人和他的知識分子同伴們自籌資金創辦的雜誌，這雜誌的名字讓我琢磨了許久，《人間》的含義被我一層一層地釋剖。這時候，我的困難時期已經安然度過，我情緒平定、內心充實，我有旅行的計畫和寫作的計畫，有條不紊。我把這堆《人間》放在我的床頭，夜晚時分我就翻上一本，懷念的情緒就是在這樣的夜晚升起。《人間》裡有一個曹族少年湯英伸的故事。曹族是一個山地民族，是那島上的原住民的九族之一。湯英伸退學去都市闖蕩，一夜之間犯下了駭世驚俗的殺人罪。從此後，《人間》就開始了整整一年的救援湯英伸的行動。我看見了這個人在這救援活動中的照片，於是，這場救援便忽然地呈現出活動的場面。這些年的有一個時間裡，這個人原來在做這個啊！我歡欣地想。他風塵僕僕地九死而不悔地，在爲一個少年爭取一個新生的機會。湯英伸少年英俊無比，聰慧無比，笑容清純而熱忱，這樣一個孩子將要償命，令人心不忍。由於他的母親車禍受傷，家中經濟狀況面臨困難，於是，他隻身一人來到都市謀生。但是，我還設想，他可能是從流行歌曲裡開始了對都市的嚮往，他覺得那裡機會很多，生活豐富多彩。搖滾的節奏總是使人興奮無比，熱血沸騰，對前途充滿希望和信心。因爲這時候，我們這裡也成了流行歌曲的世界，人們唱著歌，心情就很歡暢。人們在上下班的路上，戴著耳機，讓那震耳欲聾的音響，激勵我們的身心，驅散日常的疲乏。少數民族通常是能歌善曲的民族，他們沒有被大族整肅的文明同化，在偏遠的山地，保持了原始人的自然的天性。日月星辰是他們的夥伴，草木枯榮教給他們生命的課程。他們將他們的經驗編成歌曲，一代傳給一代。唱歌往往是他們最重要的社會活動，是他們交往的主要方式。後來，留聲機和錄音機，多聲道的音響傳播了搖滾的節奏，機械與電子的作用使得聲音具有排山倒海之勢，自然之聲相形見絀，軟弱無力。流行歌曲眞是個好東西，它使人忘記現實世界，沉湎在一個假想世界，以未名的快樂與出路來誘惑我們。我設想湯英伸是戴著walkman的耳機離開山地，去到大都市。我從照片裡看湯英伸有一個吉他，掛在牆上，線條異常優美，文章也告訴我，這是一個熱愛唱歌的少年。而他沒有想到，離開山地就意味著踏上了死亡之地。死亡是怎樣來臨的呢？

後來，我核算了一下時間，發現大約就在湯英伸少年踏上走向城市的旅途時，我正去往鄉間。那是我的困難時期，書桌上的空白稿紙天天逼迫我。鄉間總是使人想起規避之地，人走投無路時，就說：「到鄉間去。」我與這個少年隔了遙遠的海峽，在連接鄉村城市的道路上交臂而過。湯英伸唱著歌兒進城了，他滿心都是成功的希望。我去鄉間的心情飄搖不定，忽明忽暗。有人告訴我那鄉間的關於一個孩子死亡的故事，這故事裡有一種奇異的東西，隱隱約約的，呼吸著對我的經驗的回憶，受到呼吸的這一種回憶似乎不僅僅是單純的回憶，還包含有一種新的發現。我就是爲了這一點閃爍不定的東西去了鄉間，鄉間總是有著許多故事，這些故事帶有古典浪漫主義的氣息，鼓舞人心。我去追蹤的孩子死在前一個夏季，死去的那年他十二歲。他的家庭非常貧窮，那是在農村責任制分田到戶實行之前。在我去的日子，他家已經有了一個巨大的糧食囤，占去住房三分之二的面積。這孩子從小到大，沒有照過一張相片，他的形象就漸漸地不可阻擋地淡化。後來，有一個畫家要爲他畫像，人們就你一言我一語，描繪給那畫家聽，畫家反無從下手了。他還沒有留下一件遺物，因爲那鄉間不僅貧窮還極其愚昧，認爲十二歲的死者不宜留下任何東西，留下任何東西將會給其他孩子帶來厄運。人們將他的東西一把火燒光。於是，當人們要對他進行紀念活動的時候，就找不到一件實物，可寄託對他的哀思。他是爲了一個老人而死，這老人無親無故，已到了風燭殘年，一場特大洪水沖垮了他的破舊的草屋。那鄉間是個洪水頻發的鄉間，關於洪水，那裡有許多神奇的傳說。長年來，孩子一直陪伴老人，好比一祖一孫。這天夜間，屋頂開始落土，土塊越落越大，屋樑塌下了。孩子推開老人，木樑砸在他的腹部。這間草屋的所有部分都已朽爛，唯有這根木樑，堅硬如故。孩子被送往醫院，十五天之後死去。孩子死去僅是故事的引子，正篇這時才開了頭。在這鄉間，有一個熱愛文學的青年，關於他的生涯他有兩句詩可作寫照，那就是「學生爲國會投筆，糞土經年無消息。」這一回，他將孩子的事蹟寫成報告，寄到報社，孩子因此而成爲一名英雄。那鄉間出了一名英雄的消息，頓時傳遍了四面八方。許多孩子和大人，步行或者坐車到那鄉間去瞻仰孩子的墳墓，孩子的墳墓從小河邊遷到村莊的中央，豎起了紀念碑。我就是這些孩子和大人中的一個，以我的經驗，我敏感到這裡面有一個祕密，這祕密在暗中召喚著我。後來，我相信我是有預感的。我預感到事情要有變化了。

現在，我所以要敘述這個故事，是因爲在某一個時期裡，我和這個人的活動都是圍繞著一個孩子：他是爲了那一個孩子的生，我則爲了這孩子的死。這個人距離我是那樣遙遠，有時候我也想尋找一些或虛或實的東西，作爲我與這個人的聯繫，好使我的懷念的詩篇有一些邏輯的意義。他在他的刊物《人間》裡，開闢了偌大的版面，描述湯英伸少年，使得全社會都注意到一個普通的孩子。孩子殺人雖不算是太平常的事，可卻也不算太稀奇。都市裡每天都發生許多案件，每個案件都有特別之處。他和他的知識分子夥伴們大聲地疾呼，請你們看看這個孩子！看看這個孩子爲什麼犯罪！當這個孩子犯罪的時候，我們每一個大人都已經對他犯了罪！他們似乎忘記了他們身置一個法制的社會，他們企望以自然世界的人道原則去裁決這一樁城市的命案。他們甚至提請人們注意到幾百年前，一個大民族對這個少年所屬的小族所犯下的罪行，他們提請人們注意這樣一個帶有浪漫的詩化傾向的事實：當湯英伸少年向那雇主的一家行凶的時候，其實是在向幾百年不公平的待遇復仇。他們向這個嚴厲的法制社會講情，說：「請先把我們都綁起來，再槍斃他。」他們還要這個法制社會注意到天國裡的聲音：「凡祂交給我的，叫我連一個也不丟失，並且在末日，我要使他復活。」這個人的身影活躍在這些激越而溫存的話語裡，使我覺得無比親切。親切的心情是他時常給予的，「親切」二字似乎太平凡且太平淡了，然而，千眞萬確就是親切。有一張照片，是在湯英伸的死刑執行初步暫緩以後，律師、神父、湯英伸的父親，以及這個人，正密切討論下一步的法律行動。他正面站著，以他習慣的雙手撐著後腰的姿勢。所有人的視線都緊張、興奮地看著律師。律師是個身體健壯、運動員型的年輕人，剃著平頭，伸出手臂，做出戰鬥的姿態。這時候，前途叵知，生死未卜。律師是他們中間唯一能夠將所有人的理想、情感、願望付於行動的人。他們所有人都殷切地、熱烈地期望於他。這個人在他們中間，使我感到多麼多麼的親切啊！交通和印刷業眞是個好東西，外國人也是個好東西，他是自由的信使，爲分離的人們傳遞消息，使懷念由此誕生。

讓我把那兩個孩子的故事說完，湯英伸在城市裡的遭遇很不順利，他沒有遇到好人，他遇到的人都黑了心腸，那個職業介紹所首當其衝。他們壓榨這個初到城市的山地少年，欺他年少、單純、人生地不熟。他們在一夜之間，就將這少年欺壓得怒火中燒，焦灼不安，殺人的事情就是在黎明時分發生的。爭執是從很小一件事開始的，似乎是湯英伸要離開他的雇主，而雇主由於已經付了傭工介紹所許多錢，不肯吃這個虧，要扣下湯英伸的行李。這是一個導火線式的事件，湯英伸在一晝夜裡積壓的怒氣如火山一樣爆發了。他變得力大無窮，不計後果，他一口氣殺了兩個大人，一個孩子。他不殺人不足以解氣，太陽這時候才升起。他丟下手裡的凶器，大約還拍了拍手，好像剛幹完一件清掃的勞動。他肯定會有片刻覺得無比的輕鬆，駭怕與懊悔是後來的事情。如前所說，我那個孩子的故事其實發生在他死亡之後。他活著的時候，幾乎沒有故事，村人們對他記憶淡薄，只是說這孩子稟性寬厚，爲人仁義，待那老人親如兒孫。在他死後，有關於他與老人神祕的奇緣之說在鄉間流傳，在孩子死後第三個七天，那老人安然長逝，三七是死者的回眸之時，召喚了老人前去會合。老人和孩子的傳說本可以很優美，可是輪迴之說卻平添一股陰森之氣。後來，孩子成爲一名英雄，老人與孩子的關係才有了明亮的色彩，成爲一幅尊老愛老、捨身救人的圖畫。從此，鄉間成了英雄的故鄉，人們從四面八方來到這裡，村莊有了直通城鎮的公路。這孩子以他的生命換來了鄉間的繁榮景象。爲孩子樹碑立傳成爲熱愛文學的青年們爭先恐後的事情，當有人去採寫孩子與死亡作鬥爭的一頁時，才發現孩子的創口在當時沒有受到負責的治療。這幾個人很想以此掀起一場軒然大波，好立驚世駭俗之說。可這個念頭被悄然制止，這將使一個光輝的學習英雄運動變成了一個陰暗的社會事件。就這樣，這小草般的生命的冥滅，演繹出輝煌的故事，並且越演越烈。

這個人和他的同伴們，爲湯英伸奔走呼號，他們甚至活動到使原告撤訴。他們說，世間應當有一種比死刑更好的贖罪方式，要給罪人們新生的機會。在那些日子裡，湯英伸的案件婦孺皆知，人人關心。關於案件的判決一拖再拖，給予人們不盡的希望，湯英伸的命運成爲了一個懸念，寄託著人們心中最良善的知覺。詩人們提出「難以言說的寬愛」；教育家提出「不以報復的方式」；政治家提出「人文的進步」；歷史家提出「優勢民族與弱勢民族的平等」；人們說：「可憐可憐的孩子，槍下留人！」這是一幅如何激動人心的場面。由於這個人投身其間，甚至處於領先的位置，使得這場運動與我有了一種奇妙的聯繫，我與這個從未謀面的少年似乎有了一種類乎休戚與共的情感。而我是在一年之後才得知關於湯英伸的消息，這時候，一切都有了結局，我只能在想像中體驗這令人心懸的過程。這時候，關於我的孩子已有了許多紀念與學習的文章。孩子們吹著隊號唱著隊歌來到鄉間，過一個莊嚴的少先隊隊日。隊日已成爲鄉間最經常的事件，一聽到號角聲聲，人們便說：孩子們來了。這孩子的死亡事件把我吸引到了鄉間，我已經有了相當的閱歷，我的閱歷告訴我，這事件中有祕密，這祕密非同尋常，我決心著手調查這祕密，我意識到調查這祕密於我事關重大。後來的事情證明我頗具先見之明，孩子的死亡事件於我恰成契機，它以一個極典型的事例，喚起了我對我的中國經驗的全新認識。我的中國經驗在此認識之光的照耀下重新變成有用之物，使我對世界的體察更上了一層樓。我的經驗由於孩子的死亡事件的召喚，從那些淹沒了我的、別人的經驗中突現出來，成爲前景，別人的經驗則成了廣闊的背景。我的經驗不再是個孤立的事件，而是有了人類性質的呼籲和回應。我就像個旅行中人，最終找回了我的失物，還附帶有關部門的賠償。我的經驗走過那一個從有到無，再從無到有的路程，改變了模樣，有了質的飛躍。這就是後來使我名聲大噪的《小鮑莊》。

《小鮑莊》的故事剛剛在稿紙上開始了頭一行的時候，我就明白作一個聰敏孩子的時候到了。關於作聰敏孩子的願望幾乎已被我淡忘，這時想起它來，心裡眞是無比歡喜。以後的道路一直很通暢，作一個作家的命運幾乎不容懷疑。旅居美國已成爲我經驗的一部分，使我的中國經驗有了國際性的背景。就是在我踏上訪問歐洲的旅途的這一天，槍斃湯英伸的槍聲劃破了寂靜的黎明的天空，湯英伸的故事正式結束。這個人和他的夥伴們的善心，沒有爲這少年挽回生命，只給他整整一年焦灼和受盡希望折磨的時間。湯英伸受斃時掌心裡緊握著十字架，神父曾對他說：「凡祂交給我的人，必到我這裡來。而到我這裡來的，我必不把他拋棄於外。凡祂交給我的，叫我連一個也不丟失，並且在末日，我要使他復活。」這與其是安慰湯英伸，毋寧說是安慰這個人和他的夥伴，因此，他們以「湯英伸回家了……」作最終的文章的標題。我是個現實主義者，任何虛妄的許諾都不會使我動心。現時的問題纏繞著我的頭腦，日裡夜裡我都在作一些可行而見效的計畫。訪問歐洲是快樂旅行，我已具備旅行的經驗，不再會發生遺失的事件，即使發生我也不會驚慌失措，我深知「塞翁失馬，焉知非福」的道理。我很注意吸取我所需要的東西，捨棄我不需要的東西。我還會約束不適應給我帶來的騷動心情，調節心理的平衡。我過後才知道，在我踏上快樂旅途的那一日，是湯英伸的死日，那是一九八七年五月十五日，這個人的希望在這一天告終。他的失望無疑對我也是有影響的，我很想對他說：這，就是人間。我還明白了一個事實，從此之後，我與他這兩個海峽兩岸的作家便分道揚鑣。我與他的區別在於：我承認世界本來是什麼樣的，而他卻只承認世界應該是什麼樣的。我以順應的態度認識世界，創造這世界的一種摹本；而他以抗拒的態度改造，想要創造一個新天地。誰成誰敗，可以一目了然。

我們同是號召要救救孩子的魯迅先生的後輩，他去救了卻沒有救成，而我壓根兒沒有去救，因我知道我想救也救不了。我們倆的孩子都死了，這就是證明。可是，這個人的哀絕卻纏繞在我心頭。他的告別的那一個揮手的背影，令我有一股哀絕的悲壯之感。這是在我成熟的年頭，這樣的年頭，已很難崇拜誰或者仰慕誰，這年頭缺乏精神領袖，是最孤獨的年頭。我力圖排除一切影響，要建立自己獨一無二的體系，我否定有誰曾經或者將要指導我。我不免有些趾高氣揚，目中無人。我一點點沒有意識到危險已經潛伏下來，正伺機待發。只是我尚有自衛的本能，那便是在我心底的深處，衛護著對這個人的懷念。我所以冥冥地衛護著對這個人的懷念，是因爲我預感到了什麼嗎？我預感到我所身處的那一個成功之圈，其實是一個假象？我還預感到假象終會拆穿，眞相將要來臨？我預感當眞相來臨的時候，對這個人的懷念可以使我勇敢地直面並超越？我對這個人的懷念究竟是什麼呢？是不是有些和信仰類似呢？而我又怎麼可能會有信仰？

信仰這樣的東西，是如靈魂一樣，與生俱來，而我只有一些後天的原則，告訴我要這樣做，而不要那樣做。我所以遵循原則，是爲了避免遭到損失，損失會令我痛心。我的誠實的天性，使我對人坦率，因而也使人對我坦率，這保留了我對人間事物的一些信任，然而要說有信仰是遠遠不夠的。我的信任是因人而易，因事而易，比較靈活，也比較現實。它不是那麼確定無疑，不屈不撓。它有時候難免會帶給我們失望，但這失望也不會太使我們受挫，我們可以調整方向，並以我們的閱歷爲這失望作一個注解。而信仰卻是比較堅固的東西，它沒有那麼多的迴旋之地，一旦它被決定，可說就不再有退路。它無法變通，無法折衷，它平白地取消人的自由，使人常常處於兩難境地。信仰這東西太莊嚴，太鄭重，於我們輕浮的個性很不合適，如果不是與生俱來，我們就完全沒有必要再去背負起它來。因爲它是那樣絕對，不由就虛妄起來，因人間事物沒有一樁不是相對存在，有什麼事物是絕對的呢？那只可能是形而上的事物。在茫茫無一物的空間裡，要我們相信有一個人正俯瞰我們的善惡美醜，有一個人正爲我們贖罪，我們是否有罪還是一樁說不定的事情，是否有那爲我們贖罪的人就更無法確證，要我們做事爲這可疑的存在負責，實在勉爲其難。記得在旅居美國的日子裡，我曾有一次叫這個人生氣，如他這樣的涵養與禮貌，這樣生硬的語氣是罕有的事情。在回想中，似乎就是在他稱我「聰敏孩子」的訪問農場的一日。其實我是想與他討論一下信仰這個問題，因爲從學術上來說，我對信仰這問題還是有著濃厚的興趣，我自覺得在這方面的知識很不夠，需要補充。為了培養對信仰的感性知識，我幾次三番去過教室，跟隨不同的朋友。第一個朋友對我說，基督教中的上帝使人們相信現世的快樂，他尊重人性及人生的價値，這是一個頗通人之常情的上帝。他還舉其出身的例子進行證實：佛教的釋迦牟尼是迦毗羅衛國的生於藍毗尼國的王子，基督則是木匠的生於牛棚的兒子，一是貴族，一是平民。因此，平凡的基督就使信仰這一樁事變得平易近人，成為一樁日常的事情，我們每天都可在每一樁瑣細的小事裡看到信仰的光輝，並且實踐我們的信仰。我跟了他去了兩次教堂，牧師對《聖經》的解釋使我覺得乏味而平庸，演講的才能也很一般，並且帶有上海郊縣浦東的口音。第二個朋友對我說，世界從微觀上說是唯物的，可解的，宏觀上則是唯心的，神祕不可知的，比如，誰能回答出地球的第一次推動呢？這朋友是個神祕人物，他的眼睛叵測地在黑夜的燈光下閃爍。他說控制這世界的是一種形而上的力量，因此，上帝是存在的。我想，他的上帝似乎比第一個朋友的上帝要更接近眞義，似乎他這個上帝更像上帝。於是，我又跟他重新進入教堂，一連去了四個禮拜日，甚至還安排了與一位牧師的深夜談話。那牧師很禮貌也很溫和，態度不卑不亢，對我所有的問題，他的回答只是一句：你可常來教堂，唯一的例外，是我直率而粗魯地問他，在我們的文化革命中，他被趕出教堂，去作一名鐘錶廠工人的時候，他是如何安置他的上帝。他說：請不要問這樣的問題。談話就此結束，去教堂的生涯就此結束。那一日，在去往某一個農莊的大客車上，窗戶外是大片大片的成熟的玉米地，我說：「我實在不懂那些人上教堂是去做什麼。」這時候，汽車已達目的地，停在路邊，太陽當頭，藍天無雲。他忽然站起來，粗聲對我說：「你多去幾趟就懂了。」然後他就下了車，而我就像當頭挨了一棒，有點發懵。這是什麼話？我在心裡對自己說。後來我知道，這個人的父親是一位牧師。後來我還知道，耶穌是這個人的朋友。那是在旅行的途中，就是在這個人站在電梯口背身向我揮別之後，我們各自踏上不同的旅途。我們在旅途中常常交臂而過，他剛離開這個城市，我就到了，或者我剛離開這個城市，他就到了。在舊金山的著名中國書店裡，董事們說，我可以挑選幾本書。在我挑選的書中就有這個人的一本自評，書中說：「面目黧黑的，飽受風霜的，貧窮的，憂愁的，憤怒的，經常和罪人、窮人和被凌辱的人們為伍的，溫柔的耶穌，成了我青少年時代的偶像。」

人近中年的時候，要交一個徹心徹肺的朋友，顯得熱情不足，理智有餘。這時候，我已進入了詩篇的第四段落，段落大意是耶穌和信仰。其實他讓我多去幾趟教室，和那上海國際禮拜堂的牧師對我的回答是同樣的，可是我卻對這個人偏聽偏信。為了給去教堂打好基礎，我就拜讀《聖經》。我打開新舊全約第一頁。〈創世紀〉的第一章「神創造天地」：

「起初，神創造天地，地是空虛混沌的，淵面黑暗。神的靈運行在水面上。」我一下子想到馬克思的《共產黨宣言》，起首一句便是：「一個幽靈在歐洲遊蕩。」我想，馬克思的寫作手法會不會受到《聖經》的影響，這想法褻瀆得嚇人，因爲大家都知道馬克思是無神論者，幸而那是在一個全面開放，思想自由的時代。我還想像「神的靈運行在水上」的姿態是否有些接近冰上芭蕾，冰上芭蕾簡直美得不可思議，不像人間的形態。我頭腦中的俗念過多，像這樣抽象的東西，必須找到具體的對應物，才可被我理解並接受。無論如何，〈創世紀〉還是比較對我的胃口，神將光與暗分開爲晝與夜的那一行甚至使我激動。那情景在我腦海中，像是一個豪華的舞台，用頂燈、耳燈、腳燈，造成光和暗的效果。但是，〈創世紀〉過於像一則神話，當然是偉大的神話，耶穌其人於我永遠是神話人物，好比希臘神話中的宙斯，中國神話中的盤古，於我的現實生活永遠相隔了一個迢迢的隔障，好比形神之間，永難通行。要與那個神靈的世界交往，於我是困難重重。建設一個連接形神兩界的橋樑是我有一個時期裡的主要工作，我的工具就是《聖經》，還有一些解釋《聖經》和耶穌其人的書籍。我總是勤勤懇懇地打開《聖經》，每一次都從頭讀起：「起初，神創造天地，地是空虛混沌的，淵面黑暗。」然而，事情越來越接近於學術的研究。我弄清了耶穌所代表的哲學思想，以及其哲學思想對於西方現代化的作用，我還弄清了「基督教文化」

的這一個概念。研究《聖經》豐富了我的知識的庫藏，可是，通往神靈世界卻連門也沒有。

有一段時間裡，我眞的很懷念他。懷念他的這一種心情，有時會使我覺得，開始往那個神靈世界接近了。這純粹是一種感受，待我要以邏輯的推理去證實和挽留其存在，這感覺便不翼而飛，煙消雲散。我如今的工作實在是一樁危險的工作，我要想以現實的語言描繪這一種感覺，失敗就在眼前。可是懷念他是唯一的通往神靈世界的可能。那神靈世界使我嚮往，我試圖沿了對他的懷念跋涉。前途茫茫，對他的懷念是唯一的指引。在我對他懷念之際還生出許多希望，我希望他在曹族少年湯英伸受斃之後，不要消沉，不要悲傷，我希望他眞的相信。「湯英伸回家了」，而且旁邊伴有溫柔的耶穌。假如連他都不再相信了，我還有什麼希望可言呢？我把我的很多的不切實的沉重的希望交託給他的背上，請他爲我負著，我還沒快樂夠呢！我要快樂是要個沒夠的！我一年一年地長成，時間與經歷日積月累。我無法不感覺出這重荷，我只是想脫卸掉。一旦脫卸，又覺出它與我血肉相連。誰能承得起它呢？誰又有承起它的義務呢？現在，我算不算漸漸接近於耶穌釘在十字架上受難的眞義了？我不知道。

但是有一點後來我卻知道了，那就是我去教堂的生涯還將延續。那是在德國的日子裡，我從南部走到北部，看見教堂我就要進，那是出於文化的興趣。南部的教堂金碧輝煌，北部的教堂肅穆莊嚴；南部的教堂使人感受到天堂的熱烈氣氛，北部的教堂使人體驗到人世的艱苦卓絕；南部的教堂使人想到熱愛藝術的路德維希二世，北部的教堂使人想起推動歷史的馬丁·路德。德國的教堂以幾個步驟來啓迪我的覺悟，第一步是在巴伐利亞的鄉間。我走進一個農人自家的小教堂，灰色的樸素的尖頂在藍天綠地之間，含有一股天眞的誠摯。是正午的時間，四下裡靜悄悄的，沒有一個人，我們推開教堂的小木門，看見基督在前方的神龕裡受難。耶穌剎那間變得無比接近，祂祐護著人們的小小的豐收的希望，令我心動。教堂的四壁是新近粉刷的，白而光潔，散發出石灰水的氣息。我想像那一個農人就像打掃他的牛欄一樣，打掃著這個教堂，他還在早晨或者傍晚來看望一下耶穌，他望著耶穌就好像望著他的兄弟。耶穌在我旅行德國的日子，先化身於平凡之中，似乎向我伸出了暖和的手，以祂的手牽住我的手，一步一步向前深入。然後我到了德國的北方，教堂的鐘聲從四面八方響起，在陰雨霾霾的天空中迴盪轟鳴。緊接著鴿子飛了起來，如同凶狠的鷂鷹，撲啦啦地騰起在這城市上空，這是令人驚懼的一刻，似乎有一樣看不見又觸摸不著的龐然大物，以迅雷不及掩耳之勢，撲天蓋地而來。一股絕望掠過心頭，一個聲音被壓抑在心底，那聲音是：無處可藏，無處可逃啦！教堂的無數的鐘聲在每時每刻共同響起，有的由遠及近，有的由近及遠，有的雄渾，有的嘹亮，有的高亢，有的低沉。那城市的天空永遠有著雨雲的遊行，風聲浩蕩而過，無數的船隻沉沒海底，船的殘骸在海面飄蕩。在這巨大的鐘聲裡，我感到孤獨無依，且厄運重重，很想牽拉一個什麼人的手，就像黑夜裡的行路人。可是耶穌忽又遠去，祂消失在北方教堂深遠的前方，祂無影無蹤。我只可想像祂在伸手不見五指的前面，其實離我很近很近，我儘可以放大膽子。我就像小時候，一個人在夜裡走路，我總是大聲地說話和唱歌，製造一個夥伴，陪我走完孤旅。最後的去教堂是在中部的一個小鎮，鬱金香盛開。我在小鎮住了七日，爲了消除旅行的疲勞。小鎮的生活很安寧，我常去的地方有三處：一處是中心的廣場，廣場上有日夜不息的噴泉，傍晚時，大人就帶著孩子來散步，吃著冰淇淋。我常去的第二處是墳地，墳地像一座美麗的花園，我在墓地走來走去，看著大理石墓碑上的生日與卒日，心裡想：這是一個老人，那是一個孩子，我想墓地就像生命終點的盛大聚會，大約這就是墓地鮮花的由來。我去的第三處地方是小鎮的教堂。教堂是小鎮上最古老最龐大的建築，風格屬於十三世紀中葉的哥德式，在小鎮的街道上投下了大片的蔭庇。每天早晨有婦女在那裡作義務的清掃，下午則有人在那裡默禱。我曾經無意間地闖入人們的默禱，見那都是一些年過七旬的女人。她們雙手緊握，擱在前排的椅背上，望著教堂深處的耶穌。耶穌懸掛在深遠而幽暗的十字架上，長窗上的彩色玻璃將天光變幻成混沌的光色，緩緩地旋轉，成爲光柱，縱橫相交，充斥於人們與耶穌之間。她們的眼睛有些哀愁，有些憂傷，卻很安寧。她們與耶穌長久的凝望中，似乎漸漸立下了某種永遠的契約，他們彼此都將忠誠地踐約。我最後一次進那教堂，也是我最後一次進所有的教堂。至今我也沒有去考察那是一個什麼日子，是一個什麼樣的人神之間的約期。我貿貿然闖進教堂，是出於「飯後百步走，活到九十九」的習俗。我從廣場走到墓地，又從墓地繞到教堂。教堂裡燈火通明，坐了好些人。我好奇地在長椅上坐去一個位子，心想：將有什麼好戲要開場呢？人們陸陸續續進場，有的還腳步匆匆。這時節，小鎮的生活已使我深感無聊，開始期待這裡能發生一些離奇的事件，好使我的旅行增添歷險的色彩。這時，我的興致勃然而起，蠢蠢欲動。人們穿了整齊的服裝，表情愉快而鄭重其事，就像度一個節日。有年輕的孩子興高采烈地跑來，嘻嘻笑著。一個黑衣的神職人員在講壇上說話，像是預報節目，因爲顯然正劇還在後頭，他也顯然是一個龍套的角色。教堂的門一會開，一會關，進來的人不斷。現在我在教堂裡已經很輕鬆也很自在，去教堂已變得稀鬆平常，我不再把教堂想像成莊嚴的聖地，或者哲學的課堂，我將它當作聚會的場所，歇腳的地方。我看看這個人，又看看那個人，這裡聚集的人是我在小鎮上所見過的最多的人。他們彼此都熟識，笑容滿面，待人和氣。他們互相用眼睛打著招呼，安安靜靜地等待。後來，紅衣的神父出來了，管風琴響起在高大的穹頂之下。在我身後坐有一個四口之家，一父一母和兩個兒子，兩個兒子都是畸形，手腳扭曲，表情呆滯。當他們初進來時，並沒引起我的注意，我的注意力全在等待上，我正等得有些不耐煩。可是，當一切開始以後，我忽覺得那兩個畸形孩子的鼻息吹拂在我的後頸窩，他們在我身後呢！我想到。我感到背上有一股力量在壓迫，我忍不住回過頭去。那一家四口肩挨肩坐成一排，兩個孩子在中間，父親和母親在兩邊。當我回過頭去，投向他們好奇的目光，得到的回答則是他們安詳與友愛的眼神，那父親和母親向我微微笑著，我頓時也成了他們呵護下的孩子。這時，有一種感動在我心裡升起。同時還有一種恍悟，我告訴我自己：看哪！這就是爲什麼要去教堂！去教堂的事情其實並不神祕，也不深奧，去教堂的事情其實很簡單。可是，事情到此，我只弄明白了，人家爲什麼去教堂，我還弄明白了，人家的教堂在哪裡。可是，我的呢？我又爲什麼要去呢？

去教堂的生涯這時候正式結束，這個人讓我多去幾趟的任務似也圓滿完成。信仰作爲一個名詞，我已徹底了解，耶穌其人，我也大概了解。所有的準備都已經做好了，而那時候，我無憂無慮，一帆風順。我樣樣努力都有回報，可謂種瓜得瓜，種豆得豆。這使得我輕薄狂妄，目中無人。那是一個任性孩子的快樂時光，我想怎麼就怎麼，誰也拿我沒辦法。有人對我說：你不要太開心了！我聽見也裝沒聽見。我完全不需別人的支援，倒有許多人要我對他們作支援，支援別人的感覺無比美好，高高在上。那時候，沒有人能夠想到我其實生活在一個假象中，沒有人預料到那假象轉瞬即逝。叫我「不要太開心了」的是個女孩，她的話裡充滿了妒忌，她長得沒我好，寫得沒我好，朋友沒我多，她的生活很寂寞，她讓我「不要太開心了」完全話出有因，情有可原。連她自己也沒有想到，她的話裡其實含有先知先覺。這是一個忘本的時期，我漸漸遠離我那些較爲沉重的經驗，而獲取了快樂的經驗。我享受現世的成功與快樂，宣揚人的永恆的困境，這帶有隔岸觀火的味道。由於我關於人和世界的困境的新發現，便又享有了一次成功與光榮，這又帶有鷸蚌相爭，漁翁得利的味道。我在開拓個人經驗的旗幟下，放棄了我個人的經驗。那日子是十分的好過，我興沖沖地過了一日又一日，毫不知曉這日子已臨屆終點。我完全記不起「月滿則虧，水滿則盈」的古訓，深信不疑好景長在，好宴不散，徹底違背了事物發展的規律。於是，當那消沉的日子來臨，我一無準備，束手無措，我不知道該做什麼。我只是坐在那裡，賭氣什麼都不幹，等待著事有轉機。

對這個人的懷念被我消沉的心情埋沒了。情緒消沉其實時有發生，這一次未必特別嚴重，也許會如從前的每一次一樣，安然度過。這一次情緒消沉的發作其實是長期積累，好像積勞成疾。多年來，我的生活漸成規律，或是出門旅行，或是閉門寫作。這種出門旅行和閉門寫作在起初的階段有一種強烈對比的效果，動止結合。這兩者起先安排得還不那麼協調，互相有些影響，彼此侵犯了時間和精力。然後，節奏逐漸調整，一抑一揚，一張一弛。就在節奏協調的同時，我心裡慢慢滋生出一種厭倦。這倦意其實與日增長。我無意地誇張我的快樂，意欲使自己視而不見。我有心製造喧囂的空氣，好掩飾內心的煩悶。我其實早就發現旅行漸漸引不起我的興趣，近兩次的旅行我都來去匆匆，盼望早日回家。回到家又很無聊，寫作日益成爲功課。我倦意沉沉，且又忙碌異常。我好像已經進入了軌道，脫身不去，身不由己。我一天忙到東，忙到西，心中卻落寞無比。有時候，我會無緣無故地大發脾氣，不吃飯，不睡覺，光看電視；或者相反，只吃飯，只睡覺，就是不看電視。我不看電視也不讓別人看電視，這時候，我們家便寂靜得像一座墳墓。好在那時候一切照常進行，沒有哪一個關節受阻。我已具備了慣性，能夠在軌道中運行。運行的同時又產生新的慣性。就這樣，節節推進。情緒消沉的事件發生於一件小事，這樣的小事時有發生，屢見不鮮。在往常的旅行季節裡，我照例去旅行。我其實從心底裡不願作這次旅行，盼著早去早回。我不知道爲什麼，心裡總是很急躁的，好像有什麼東西在追趕我，使我馬不停蹄，欲罷不能。我很不耐煩地提了一只箱子，箱子裡馬馬虎虎放了幾套裙子和幾本簽名本。這次旅行遭到了受阻的命運，原因是交通堵塞。在我生活的這個大城市，車輛增多，道路狹窄，行人大多不遵守交通規則，喜歡亂穿馬路，交通堵塞是日常事件，完全不足以大驚小怪。在我後來的回想中，這一個堵車事件越來越帶有象徵的含義。它意味著我的生活面臨一次受阻與中斷，它意味著我的旅行和寫作相濟的節奏被打亂了。慣性將我衝出軌道，我變成一顆離軌的行星，粉碎成無數的隕石，散失在宇宙之中。從此，我的生活漫無軌道，迷失了目標。我應當去哪裡？做什麼？我每天都問自己好幾遍，得不到回答。

堵車事件是我長期以來的一個眞實的新經驗。我重新一次地從實際中而不是從小說創作中體驗了焦急與煩惱的心情，繼而又從實際中而不是小說創作中體驗了迷茫與消極的心情。這時候，對這個人的意念還沒有破土而出，它被許許多多俗事壓埋著，見天日的一天還沒來臨。對這個人的懷念在黑暗中等待著我的尋找，我其實有幾次險些兒摸索到了它的溫暖的手臂，卻又萬分之一毫米之差地錯過了。它很耐心地、寧靜地、不出一聲地等待著我的發現，而我總是發現不了它。這時候，我是多麼多麼絕望，我以爲這世界上沒有一樁事能拯救得了我了。我奇怪我這麼多年忙忙碌碌、歡歡喜喜地過著沒有目標的生活，我奇怪我這麼多年自以爲很有目標其實沒有一點目標，我還奇怪這麼多年有目標的生活卻像一場夢一樣轉瞬即逝，睜開眼睛才發現那目標是一個夢境，這個夢境醒來之後甚至沒有留下一點記憶。我有時候還不明白爲什麼一次普普通通的堵車事件竟會對我的處境有這樣致命的破壞力，它幾乎將我瓦解，難道我竟是這樣脆弱，不堪一擊，就好像一棵外表完好、內部已經蛀空的樹，霹靂一聲，便將它攔腰擊斷。按照概率的原則，在我們這個人口日益增多，交通日益發達，因而日益擁擠的世界上，平均每個人都應當遇到一次或兩次的堵車事件。所以，我的堵車事件並非偶然，而屬必然了。這是我命中注定的安排，我無法迴避，無論我怎樣強調客觀原因。因此，堵車給我造成的延誤時間與改變路線，無疑是循了我的命運軌道的。這是我不應該埋怨的，我總不能把概率分配給我的堵車機會推給別人，而侵占別人的暢行機會，這是不公平的，並且帶有強權的色彩。我想，要度過這次難關，首先是要承認與接受受堵的命運，然後向命運挑戰，這是唯物主義者的人生態度。

這一個認識命運的過程相當漫長，我爲此去作了一次國內長途旅行。我找一些極其荒涼的地方去，乘坐了班車，在崎嶇的山道上顛簸。汽車蓋滿了黃色的塵土，破破爛爛，搖搖晃晃，汽車裡擠滿了灰塵僕僕的農人。車從山的狹縫中穿行，忽高忽低，忽左忽右。在這一時期裡，黃土地成了人們熱情嚮往的地方。那些在城市裡，被社會責任和生活瑣事折磨得身心交瘁的人們，背了簡單的行囊，穿了牛仔服和旅遊鞋，來到這裡，希望尋找到人生的意義。在開春的季節裡，滿山遍野就響起了信天游的歌聲，人們一手扶犁，一手揚鞭，驅策著耕牛，在貧瘠的土地上播種。然後，信天游的悠揚的歌聲便迴盪在每個山坳裡。信天游是一種上下句體的民歌，上句起興，下句立題，唱的大體是愛情。哥哥和妹妹是他們對情人的稱謂，體現出人類早期婚姻愛情的狀況，使得城裡來的文明人非常感動。如果是在正月裡，便可領略到鬧社火的熱烈風光。人們在草也不長的山坡上，打著腰鼓，舉著傘頭，你唱我合，你問我答。這種質樸的歡樂可使人的心靈得到一次簡化和純化。人們在這歌聲中不由會想：我們已經離人類的初衷走開得多麼遙遠了呀！藝術家們還到這裡來尋找藝術的發源。他們收集剪紙，將剪紙中樸素稚拙的造形與現代藝術中的抽象和變形聯繫起來。他們採集民歌，賦予現代的搖滾節奏，在藝術上走一個大回頭的步伐，頓時拋下了許多人而獨占鰲頭。人們喪失目標的時候，最好的辦法是回到出發地再作第二次遠足。懷了這樣的想法，去黃土地的人群日消夜長，源源不絕。我是去黃土地的人群中的一個，我也背著簡單的行囊，穿了牛仔褲。在尋找初衷的行爲下，還暗暗藏著作一個現代人的念頭。尋根行爲的本身其實就表明了對現代人立場的堅持。「尋找」這一樁行爲是在「失去」之後才發生，我們特別要強調尋找，也就是特別在強調失去。

那時候我還並不十分明白我去黃土地是爲了找尋什麼，我也不明白我爲什麼找尋了黃土地作我的旅行之地。踏上黃土地後我心情壓抑。那時社火已經鬧過，春耕還未開始，田野裡靜悄悄沒有一個人，沒有一頭牛，也沒有一聲信天游的時節。滿目黃土溝壑，岩壁上沒有一星綠意。風沙很大，遮天蔽日。汽車「笛」一聲過去，有時可見綿羊如骯髒的棉球匆匆地滾下路邊的乾溝，一個牧羊人站在呼嘯的灰沙裡，頭上紮了黑漆漆的白羊肚手巾，背上繫了一個小包，裡面大約放了中午的乾糧。他睜著眼睛，木呆呆地望了我們的班車過去。這溝壑土地使我心情沉悶，尤其當我站在黃河邊，望著對岸大片大片的黃色丘陵，如同凝滯厚重的波濤，如同波濤的化石，它們壓迫著我，使我透不過氣來。這全然不是令人愉悅的風景，它使身在旅途的人更感到孤寂和鬱悶，而且心生畏懼，那黃土隨時都有可能波濤湧起，化作黃色的岩漿，把一切捲走，無影無蹤。據說，黃河總是給人懷古的心情，可使人想起列祖列宗以及列子列孫，變成歷史中的承上啓下的一環。而我那時站在黃河邊，卻感到從未有過的孤獨，我覺得天地亙古只有我自己，沒有人陪伴我，沒有人幫助我，誰能幫得了我呢？歷史在書本上還可見其聲色，到了黃河邊上，一切盡入茫然之中。我那時候發現，到黃土地來尋根眞是一句瞎話，純是平庸的藝術家們空洞的想像與自作多情。而我的選擇又盲目又帶有趨時的嫌疑。我頓時變得無根無底，像個沒娘的孤兒。爲了尋根，反而失去了根，這難道就是我黃土地之行的結果？後來，有人建議我去抽籤，抽籤就像是劇情的預告，這使命運變得有些像戲劇。我覺得不可不信，也不可全信，但這確是一個不壞的旅遊項目，所以也就欣然前往。

那是去佳縣的日子，那天的印象至此已經混淆，什麼是前，什麼是後，我有些動搖。不管怎樣，關於佳縣這地方，我想來個內容簡介。據志書載，宋元豐五年，北宋王朝在此修築佳蘆寨，以防範西夏侵入，這便是今天的佳縣。它矗立於山頭，四面懸崖峭壁，高臨黃河。從此，宋、夏、金在此激烈爭戰一千年。這裡的風景確實壯觀，它喚起人們對古典戰爭的懸想。在古代，人們利用天然的屏障爲戰爭的工事，因此，所有被選擇作戰場的地方全都雄偉險峻，氣勢凜然。現代的戰爭再不會留下如此壯闊的舞台了，現代戰爭也不再有浪漫主義的氣氛了。在佳縣的那一日正是個大風天，風聲叫人想起了鏗鏘的兵器聲，黃沙漫捲，遮天蓋地，想像戰爭場面激動人心，熱血沸騰且確保安全。我至今已記不清看城牆和抽籤誰先誰後，這兩樁事合在了一起，變成了同一樁事。只記得看城牆是在回頭的路上，我們走下佳縣居高臨下的街路，走到黃河邊上。去的時候我們沒有注意，我們是穿過了城牆，牆洞猶如深長幽暗的隧道。我們走出城門去看黃河，這是無數個看黃河的日子裡的最後一個。當我們從黃河邊回來，轉身的那一瞬間，佳縣的城牆陡地出現在眼前。就在這一刹那好像有雄渾無邊的悲歌在耳邊響起，血流成河的場面好像出現在了眼前，我忽然無比清晰地想到一千年的戰爭。一千年這個漫長的數字跳上我腦海，戰爭這個宏偉的名詞跳上我的腦海。一千年的戰爭是什麼意義哪！我問著自己。我望著黑壓壓的巍峨的城牆默然無語，城牆與天空連接的那一個剎那令人激情湧動，牆城與峭壁連接的那一個剎那也令人激情湧動，悲歌動天撼地，綿綿不絕。這時候，我似乎已經抽過了籤，籤上的文字在這一時刻響起在耳畔。那是在黃河崖腰上的一個宋代荒寺裡，一個看寺的老人爲我搖著籤筒，他嘴裡喃喃地說：這是遠道來的客，這是從很遠很遠的上海來的客——他的聲音忽然使我自感孤零，我想我是個逆旅中客，我想人的一生其實都在逆旅中而且是很遠很遠的旅途。老人讓我跪在案前，那是一個很小而偏僻的寺，臨了黃河，風聲呼嘯，老人的呢喃帶有一股宿命的悲愴的意味。他說：這是遠道來的客，有什麼不懂規矩的地方，請多多原諒。我頓覺自己成了一個孤獨無依的孩子，眞正的孩子，我這個孩子在這世上艱難重重，一步一個坑，我的眼淚充滿了我的眼睛，佳縣的城牆陡然豎起在了眼前。我忘了抽籤和城牆誰先誰後了，城牆的上空，足有成千上萬隻野鳥在飛翔，遮蔽了天空，殺戮聲貼地而起，「一千年的戰爭」這一句話在我腦海裡轟響，這是人類的命運嗎？山河其實是戰爭的工事，它料定人類必須戰爭嗎？

當我寫著這詩篇的時候，海灣戰爭剛剛結束，這戰爭正合了一個十五世紀的大預言家的話：人類將爲黑色液體而戰。和平就好像是戰爭中的休憩，猶如山和山的縫隙。這時候，懷念已經充斥了我的身心，我心裡已經平靜下來，回到了以往的日常生活之中。表面上似乎一切如舊，實際上事情已經大不相同。在夜深人靜的時候，是我思想飛翔得最爲遙遠的一刻，我會想起我有一位朋友，他寫過一部詩篇。在詩篇中，他將一條河流作爲他的圖騰，以一個現實的故事作象徵。我讀了那詩篇橫加指責，注意力全在那個現實的故事，說這寫的不對，那也寫的不對。其實這故事對不對是另一件事，重要的是這故事後面的圖騰象徵。而我這一個現代人完全不明白什麼是圖騰，圖騰有什麼用。那朋友從旁聽來我的批評，這批評經人加工且又似是而非。從此，他就與我絕交。他想他從血管裡流淌出來的詩篇竟遭我這樣踐踏；他想在這個實利的世界上，有多少人舞文弄墨，做著文字遊戲，這些遊戲這樣五光十色，絢麗多彩，掩埋了眞正從血管裡流淌出來的詩篇。在這樣的夜晚，我檢討著自己，可是也心生委屈。我想，我並不屬那些遊戲的朋友，我也珍視血管裡流淌的東西。可是血管裡流淌的東西有濃有淡，有深有淺，有多有少，有的像火一樣可以燃燒，有的卻像水可以撲滅火。凡是從血管裡流淌出詩篇的人都應結爲夥伴，而不應互相誤會，互相生氣。我還想到圖騰這一樣東西，我想如何才能找到圖騰？後來我明白，尋找圖騰，只有一條途徑，那就是：需要。我猜測這個朋友需要圖騰開始於什麼時候，我對他的經歷一無所知，我不知道他經歷了一些什麼，這於我最終還是一個謎。他已經去了很遠的地方，漂洋過海，留下一些詩篇今後還將再留下詩篇，這些詩篇包括有兩種話題，一種現實的，另一種則不是現實的。非現實的那種隱藏在現實之中，有些撲朔迷離。人們願意接受那個現實的話題，因爲它近乎情理，接近生活，比較好懂。而那個非現實的話題，由於它超越了常人的理解力，比較艱澀，比較困難，而它的藏匿卻爲那個現實的話題增添了神祕的美感。這一時期他的詩篇引起人們廣泛的興趣。人們爭相解說，你說你有理，我說我有理，熱鬧非凡。他是那一個時期最最令人矚目的詩人，關於他的詩篇有無數種闡釋和理解，面對這一切，他的回答只有兩個野蠻的字：「我操！」後來，他似乎有些按捺不住，那個現實的象徵的話題逐漸簡化，而那個非現實的被象徵的話題漸漸水落石出，最後，那個好懂的話題終於退身而去，只留下那個艱澀的非現實的話題。他的詩篇失去了人心，人們覺得他喪失了才能，甚至他自己也覺得他喪失了才能。可我知道，他詩篇有無窮的才能，他的詩篇全是他血管中流淌出來的東西，裝飾物幾乎不存一點，那是可以燃燒的詩篇，所以那也是危險的詩篇。他的詩篇實在很不好懂。那裡全是他最最隱祕的個人的事情。我研究至此，只有一點發現，那就是他的現實的話題是母親，而非現實的話題則是父親，「父親」是他給予那條河的最崇高最血脈相連的名稱。這是我了解他爲什麼需要圖騰的唯一線索。後來，我也有了這種需要；後來，我明白我去黃土地，其實就是爲了這個需要。可是我是一個在近代城市上海長大的孩子，我滿腦子務實思想，我不可能將一條河一座山作爲我的圖騰，我的身心裡已經很少自然人的浪漫氣質，我只可實打實的，找一件可視可聽可觸覺的東西作我的圖騰。我還須有一些人間的現實的情感作爲崇拜的基礎。因此，我去黃土地基本可說是失望而歸。回來之後，我的心情並未得到多少改善，甚至還更糟糕，我的鬱悶、焦灼似乎更加強化與加劇，我變得很容易激動，情緒忽高忽低。後來，我知道，其實這便是去黃土地的效用，這效用的內容是感動。這也是這一段落的題目。

我的心如同板結的地塊，受了震動。我後來回想，黃土地給予我的感動其實又深又廣。感動這一種情感已經離開我很久。生活在小說的世界裡，我生產種種情感，我已經將我的情感掏空了，有時覺得自己輕飄飄，好像一個空皮囊。當我在現實中遇到幸或不幸，我都沒有心情爲自己作一個宣洩。我的心情全爲了虛擬故事用盡了。我沒有歡樂，沒有悲哀，我有的只是一些情緒的波動，比如著急，比如惱火，比如開心，比如傷感，這只是一些生活的作料，不會傷筋動骨。現在，我內心漸漸地被一些不快的情感充實了。最初充實我心中的是不快的情感，是因爲不快的情感具有極大的衝擊力，它們可衝破板結的地塊。我輕鬆了許久，最初的充實使我感到不堪重負，我難免要誇張我的不快情感。誇張不快情感使我心生憐惜，這是一個自憐自艾的可悲的小家子氣的時期。黃土地的功績在於擊碎了我的這種蹩腳的自憐的情緒，它用波浪連湧的無邊無際無窮無盡無古無今的荒涼和哀絕來圍剿我的自憐，最後取得了勝利。至此，對這個人的懷念的一切準備，已經成熟。我們走過了「三角臉和小瘦丫頭」，「看美國足球」，「作聰敏孩子」，「耶穌和信仰」，「感動」這樣五個段落，來到了終結部分。

終結的部分又像是開頭的部分，因爲沒有這部分，以上所有段落都不會存在，事情似乎就是這樣開頭的。有一天，記得是冬天裡一個作雪的陰霾的天氣，有人打電話給我，說這個人正在虹橋機場的候機室。他本來是飛往北京，由於天氣關係，中途在這裡降落，不知什麼時候才可重新起飛，他對那人打聽我。那人爲了找我的電話，花費了很長的時間，我感到一陣劇烈的心跳，想與他通話的念頭忽然無比強烈。我立即查詢虹橋機場候機室的電話，一一四查詢台總是忙音接著忙音，我幾乎絕望。我打電話給所有的朋友，問他們是否知道機場的電話，回答均是不知道，然後說幫我去打一一四查詢台。我所有的朋友在這一時刻一起在打一一四查詢台，我們完全忘記了結果是大水沖了龍王廟，自己人犯了自己人。但這一刻一定是無比的壯觀，幾十個朋友同時在打一一四，一一四這一時一定如同開了鍋。最後我終於得到虹橋機場候機室的電話，電話打去，回答說這個人的飛機剛剛起飛。我不知道這樣陰霾濃厚的天空裡是否還能飛行，也許陰霾之上竟是陽光普照。放下電話，我竟然很平靜，我忽然想到一個問題，假如他在，第一句話，我應當說什麼？從這日起，我一直在想，見了他，第一句話當說什麼。我知道他十日以後還將來上海，那時候，第一句話說什麼？我感到這眞是困難的一刻，我簡直有些知難而退。我想這一刻一定有些難過，還有些害羞。我記起我曾經託那個外國人帶給他一盒錄音帶，我在那錄音帶裡說過想念他的話；他還寫過關於我的文章，題目便叫做〈想起王安憶〉。一想起這些，便覺得見面的一刻困難重重，窘迫萬狀。可是，日子一天一天逼近，見面的這一天即將來臨。

相隔整整七年之後的重逢總帶有戲劇性的色彩，在這戲劇性的一刻中，我應當有些怎樣出色的表現，才不會辜負這重逢？我難捺激動的心情，一想到即將到來的重逢，便心跳加速，手足無措。這一刻所將發生的似乎不僅僅是重逢，是比重逢更爲重大的什麼事件，那是什麼事件呢？我一無所知。我一無所知。我只覺得我等待這一時刻已經很久很久，我積蓄起許多需要和情感作這等待。我還覺得我切切不能失去這一刻，即使困難重重，我也要於千鈞一髮之際攫住這一刻。等人是一件最令人著急的事情，它像火一樣，烤乾了人的所有耐心和信心，使人口乾舌燥，坐立不安。關於等人有許多詩篇，寫到《等待果陀》終告完成。《等待果陀》最終是根本沒有果陀這一個人，將「等待」這一樁苦事寫到了盡頭，同時，「等待」其實就悄悄消失了存在，好像負負得正。現代的觀念常常走這樣一條自圓或自封的道路，走到了絕處，最終是回到了起點，這也類似有就是無、無就是有的中國哲學。而我的等待是古典的等待，我所等待的確有其人，確有其物，我也一定能夠等待到他，或它。因此，我就能堅持不懈，不屈不撓。

他到上海的那天大雪紛飛。上海是極少下雪的城市，這又是個暖冬。大雪來得很突然，接連十天陰霾天氣過後的第十一天，早上，睜開眼睛，已是一個銀白的世界，太陽高照，晴空萬里。這天早晨，我忽然想起這個人所居住的島上，四季如春，永無下雪的日子。爲了看雪景，他們必走很遠的路，爬很高的山，去看那山頂上的積雪。現在好了，這個人可看見新鮮的雪了，我歡欣地想到。新鮮的雪就像鮮花一樣，轉眼即逝。可是這個人，趕上了。從這天的早上，一直到這天的深夜，我一直在往他住的飯店打電話。我這回採用的和上回萬炮齊轟的打法不同，是以點射的戰術。我每隔三分鐘，便往那飯店打一次，開始是他沒到：後來他到了，可是去餐廳吃飯了，還沒有住進房間；後來他的行李進了房間，人卻出門了。這一天，他的節目排得很緊，有宴會，有記者招待會，有參觀，有訪問。後來，我終於查詢到了他的房間號碼，於是，我的電話每隔三分鐘就在他的房間裡響起，他的房間空無一人。我還知道了他們隔日就要離開上海，留給我們重逢的時間一分少似一分。而我鐵了心，我決心要於千鈞一髮之際，將這一刻攫住。這一刻對於我的重要性，一分勝似一分地呈現出來。午後，太陽被新積的雲層遮住，又一層新鮮的雪飄灑下來，將夜間的舊雪蓋住了。我守著我的電話，裹著毛毯，抱著熱水袋，每隔三分鐘地撥一次電話。接線員早已辨出了我的聲音，一次一次地將我的電話接到他的房間。我有些惡作劇似的，好像一個秉性頑劣的兒童，明知故問地，一次一次給空無一人的房間打電話。每一次拿起電話，心裡就一陣緊張地想：第一句話應當說什麼。聽見那鈴聲陡然地空蕩蕩地一遍又一遍響，我便鬆了一口氣，因爲這困難的一刻又推遲了至少三分鐘。我一遍又一遍地撥那已撥得熟透的號碼時，我不由地想起那位絕交的朋友，幾次三番，長途跋涉去看那條河的情景。我想，其實我們所尋找的東西是同一件東西，可是他的路程要浪漫得多，背著行囊，徒步行走，像一個浪跡天涯的遊子。而我一遍又一遍撥著那七個號碼，詩意全無。在這個熙熙攘攘，人頭濟濟的城市裡，尋找一個人是多麼困難啊！

見面的一刻非常平常，猶如分手的一刻。我們很快就找了個地方坐下，他問道：說說看，分手以後的情況。分別的七年時間忽然凸現起來，眼淚塞住了我的喉嚨，可是我覺得非常非常害羞，我強使自己作出平淡無奇的樣子，卻語無倫次。我想，這七年中的事情怎能說得清呢？那是說也說不清，說也說不清的。對這個人的懷念，就在這一刻內，遲到地覺醒，充滿在我意識中，成長爲一個理性的果實。他等我說完，就開始告訴我，他在這七年中的事情。他在這七年中做的事情裡最新的一件是關於「花崗慘案」。在我們的《辭海》中，關於「花崗慘案」這樣寫道：

抗日戰爭時期，日寇將大批被俘的中國士兵和強征的中國工人押至日本做苦工。一九四五年七月，在日本秋田縣花崗礦山的中國勞工九百多人，因不堪虐待，起而反抗，慘遭殺戮，死五百六十人。

這個人說，當年親歷花崗事件的人還活著，他們分布各地，他們永遠難忘那慘烈的場景，那慘烈的場景使他們這一生食不得安，寐不成眠，他們攜帶著這沉重的記憶度著餘生。他們的兒孫不明白他們爲什麼總是這樣鬱鬱寡歡，並且緊張戒備如驚弓之鳥。他們的經驗越來越被時間隔離，他們開始還逢人就說，可是人們逐漸心生厭煩，使他們自覺得很像魯迅筆下的晚年的祥林嫂，口口聲聲「阿毛」「阿毛」，老調常談。他們漸漸地就變得緘口無言，即使和他們最親密的人，他們也沉默寡言，鬱鬱寡歡。沒有人知道他們心中的那一個慘烈的場面，沒有人知道他們懷了那慘烈的記憶，度日很艱難。人們被幾十年的和平景象沖昏了頭腦，被和平的日子痲痹了心靈，以爲世界大同的一日即將到來，一切可以既往不咎。既往不咎的一日是神聖的一日，人類進入這一日尚有漫長曲折艱苦的道路。那時候，人類將洗淨污泥濁水，經過血與火的洗禮，敲響送舊迎新的鐘聲，那鐘聲響徹天宇。既往不咎決不是遺忘，假如要將既往不咎當成遺忘，那就鑄下了大錯，那就要走上歧路，將眞正的既往不咎的日子推遲，再推遲。遺忘是多麼可怕，許多無恥與輕薄都來源於遺忘，罪犯們就會趁了遺忘的時機，在這既往不咎的幌子底下，躲在陰暗的下水道裡，篡改了歷史。他們一步一步地來，先在孩子們的教科書裡悄悄地將「侵略」改成「戰爭」這類中性的詞，孩子們將永遠不知道他們的祖先的罪行，以爲世界上本沒有罪惡二字，有的只是光明。他們因爲沒有黑暗作對比，就無法懂得什麼叫做光明。他們的世界就像最初的世界：地是空虛混沌。他們就再要將人類走過的犯罪與受罰的道路從頭走一遍。「花崗慘案」的倖存者越來越少，他們有的死於病，有的死於老，有的死於病老交加。病和老是「花崗慘案」留給他們的紀念。每當死去一人，他們就覺得自己少了一名兄弟。有關這事件的記載雖然進入了我們的近代史教科書和《辭海》，可是文字是那樣隔膜，那樣表情漠然，它無意地淡化了事情的眞相，人類的苦難全淡化於文字之中，一件又一件，這是多麼危險的事啊！

於是，對這個人來說，「花崗慘案」便成了一件十分緊要的事情。他將這一事件編成一部戲劇，並且扮演其中的角色。他們自籌資金，終於排練上演。他在台上，看見台下有掩面的老人，他們掩面而泣，肩背抑制不住地劇烈抽搐，眼淚從指縫間一瀉如注。他還看見有掩面的青年，這時候，他不覺也掩面了。他想：這是希望。他多麼感激這些孩子呀！我不知道這個人在舞台上是什麼景象，是不是有些像這人的父親走上鄉村教堂的講壇。在這父親宣講福音時，這兒子在宣講災難。無論是這父親還是這兒子，我都懷念。這父親和這兒子講說的其實是同一件事：當人們在災難前睜開眼睛的時候，福音就來到了，好消息就來到了。我聽他講述他的事情，心裡很平靜，眼淚不再哽塞我的喉嚨。那已是第二天的凌晨，零點的時候。再過六個小時，他的飛機就要起飛了。我忽然想起了一句題外話，那就是：我終於在千鈞一髮之際將這重逢時刻攫住了。我聽他講著「花崗慘案」，好像一個小學生在聽歷史課。我一點也沒有感到奇怪，為什麼在分別整整七年之後，在又一次分別之前，這一寶貴的時間裡，我們要說著這個陳年老調。「花崗慘案」是一整個抗日戰爭時期中的一個小事件，它與這場戰爭的發起與結束都無關，它還是我國與日本國一整個外交史中的小事件。我們去追念這事件，幾乎沒有一點經驗與材料的基礎。然而，我們既沒有重溫七年之前在一起的快樂時光，也沒有訴說分別之後互相惦念的心情，我們甚至提都沒提那個在我們中間傳遞過消息的外國人，我們還沒有說彼此寫過一些什麼小說，這些小說是否重要，我們似乎忘記了我們是海峽兩岸的兩個作家，我們只說「花崗慘案」。在他走後，我認眞翻閱了材料，在《辭海》找到了以上那一小條，我讀著這幾十個文字，卻忽然地想起這人的父親在他遠行之際對他的囑託：「孩子，此後你要好好記得：首先，你是上帝的孩子；其次，你是中國的孩子；然後，啊，你是我的孩子。」我想，這大概就是一個人在一個島上，卻能夠胸懷世界的全部祕密了。

我走出大門，門外是一個上海難得寒冷的冬夜，雪已經停了，地面結了冰。我回身朝他揮了揮手，他忽然舉起雙手，握成了拳，向我作了一個鼓舞的歡樂的手勢，我哭了。我不知道這個人所做事情能否對這世界發生什麼影響，我不知道這個世界能否如這個人所良善願望的那樣變化，我只知道，我只知道，在一個人的心裡，應當懷有一個對世界的願望，是對世界的願望。眼淚不知什麼時候流了下來，又凍在我的臉頰上，我知道這是歡喜的眼淚。我心裡充滿了古典式的激情，我毫不覺得這是落伍，毫不爲這難爲情，我曉得這世界無論變到哪裡去，人心總是古典的，我想，我終於明白了我那朋友找尋的那條河的含義，那河就是他血管裡流淌的東西，那河就是他血管裡流淌的源源不絕的東西。我也終於明白了，我也正在接近與朋友的河一樣的東西。要說有所區別，那就是，那條河是過去，我找到的則是未來。未來其實也和過去一樣給予人生命，與人血脈相連，給人以血管裡流淌的東西。尋根已無法實現，我這一個孩子，無根無底，我的父親和我的母親都是孤兒，作了這現代城市的居民，我只可到未來去尋找源泉。我的源泉來自於對世界的願望，對世界的願望其實也發生於這世界誕生之前，所以，這願望也是起源，如《聖經》所記，「神說，要有光，就有了光。」我覺得從此我的生命要走一個逆行的路線，就是說，它曾經從現實的世界出發，走進一個虛妄的世界，今後，它將從虛妄的世界出發，走進一個現實的世界。我不知道我的道路對不對頭，也許是後退，也許前邊無路可走，也許走到頭來又繞回了原地，也許僅僅是殊途同歸。我不知道命運如何，可是我卻知道，無論前途如何，我已度過了我的生命的難關，我又可繼續向前，我又可歡樂向前。我還知道，無論前途如何，這是我別無選擇的道路，我只可向前，而不可回頭。我要上路了，我看見他舉起雙手，握成拳，向我與高采烈地揮舞著。呵，我懷念他，我很懷念他！

一九九一年三月二十日於上海

一九九一年四月三日於上海

王安憶主要作品目錄

簡體字版

1.《雨，沙沙沙》（小說集） 百花文藝出版社，一九八一年
2.《黑黑白白》（兒童文學作品集） 少年兒童出版社，一九八三年
3.《王安憶中短篇小說集》 中國青年出版社，一九八三年
4.《流逝》（小說集） 四川人民出版社，一九八三年；「新經典文庫」，春風文藝出版社，二〇〇二年
5.《尾聲》（小說集） 四川人民出版社，一九八三年
6.《揚起理想的風帆》（論述集） 中國青年出版社，一九八三年
7.《小鮑莊》（中短篇小說集） 上海文藝出版社，一九八六年；二〇〇二年二版

8.《黃河故道人》（長篇小說）　四川文藝出版社，一九八六年

9.《69屆初中生》（長篇小說）　中國青年出版社，一九八六年；北岳文藝出版社，二〇〇一年

10.《母女漫遊美利堅》（遊記）　與茹志鵑合著，上海文藝出版社，一九八六年

11.《蒲公英》（散文集）　上海文藝出版社，一九八八年

12.《海上繁華夢》（小說集）　花城出版社，一九八九年

13.《旅德的故事》（遊記）　江蘇文藝出版社，一九九〇年

14.《流水三十章》（長篇小說）　上海文藝出版社，一九九〇年；二〇〇二年二版

15.《神聖祭壇》（小說集）　人民文學出版社，一九九一年

16.《米尼》（長篇小說）　江蘇文藝出版社，一九九二年

17.《故事和講故事》（文學理論集）　浙江文藝出版社，一九九二年

18.《荒山之戀》（小說集）「跨世紀文叢」，長江文藝出版社，一九九三年；南粵出版社，一九九八年；「拾穗者」，中國當代中篇小說經典文庫，中國文聯出版社，二〇〇三年

19.《烏托邦詩篇》（中篇小說集）　華藝出版社，一九九四年

20.《紀實與虛構：創造世界方法之一種》（長篇小說）　人民文學出版社，一九九四年；二

○○一年二版

21.《父系和母系的神話》（長篇小說） 浙江文藝出版社，一九九四年

22.《乘火車旅行》（散文集） 中國華僑出版社，一九九四年

23.《長恨歌》（長篇小說） 作家出版社，一九九五年；天地圖書公司，一九九六年；人民文學出版社，二○○四年

24.《中國當代作家選集叢書・王安憶》（中短篇小說集） 人民文學出版社，一九九五年；明報出版社，一九九六年

25.《傷心太平洋》（小說集） 華藝出版社，一九九五年；「中國小說五十強一九七八～二○○○」，時代文藝出版社，二○○一年

王安憶自選集共六種 作家出版社，一九九六年

26.《王安憶自選集之一・海上繁華夢》

27.《王安憶自選集之二・小城之戀》

28.《王安憶自選集之三・香港的情與愛》

29.《王安憶自選集之四・漂泊的語言》

30.《王安憶自選集之五・米尼》

31.《王安憶自選集之六・長恨歌》 文匯出版社，一九九六年
32.《人世的沉浮》（中篇小說集） 明天出版社，一九九七年
33.《王安憶短篇小說集》 復旦大學出版社，一九九七年
34.《心靈世界》（文學理論集） 華夏出版社，一九九七年
35.《姊妹們》（小說自選集） 遠東出版社，一九九七年
36.《重建象牙塔》（散文集） 山東友誼出版社，一九九七年
37.《屋頂上的童話》（小說集） 明天出版社，一九九七年
38.《一個故事的三種講法》（兒童長篇小說） 湖南文藝出版社，一九九八年
39.《獨語》（散文集） 浙江文藝出版社，一九九八年
40.《接近世紀初》（散文集） 吉林攝影出版社，一九九九年
41.《塞上五記》（散文集） 華夏出版社，一九九九年
42.《王安憶散文》（散文集） 中國文學出版社，一九九九年
43.《王安憶小說選》（英漢對照） 上海文藝出版社，一九九九年；二〇〇二年二版
44.《隱居的時代》（中短篇小說集） 南海出版社，二〇〇〇年
45.《我愛比爾》（中篇小說）

46.《妹頭》（中篇小說） 南海出版社，二〇〇〇年
47.《男人和女人　女人和城市》（散文集） 雲南人民出版社，二〇〇〇年；二〇〇四年二版
48.《崗上的世紀》（小說集） 雲南人民出版社，二〇〇〇年
49.《富萍》（長篇小說） 湖南文藝出版社，二〇〇〇年
50.《剃度》（短篇小說集） 南海出版社，二〇〇〇年
51.《歌星日本來》（散文集） 北岳文藝出版社，二〇〇〇年
52.《窗外與窗裡》（散文集） 瀋陽出版社，二〇〇一年；廣州出版社，二〇〇一年
53.《我讀我看》（散文集） 上海人民出版社，二〇〇一年
54.《弟兄們》（中短篇小說集） 中國文聯出版社，二〇〇一年
55.《三戀》（中篇小說集） 浙江文藝出版社，二〇〇一年
56.《尋找上海》（散文集） 學林出版社，二〇〇一年
57.《文工團》（小說集） 文化藝術出版社，二〇〇一年
58.《上種紅菱下種藕》（長篇小說） 南海出版社，二〇〇二年
59.《西紗窗下》（散文集） 上海文藝出版社，二〇〇二年

60. 《現代生活》（中短篇小說集） 雲南人民出版社，二〇〇二年
61. 《憂傷的年代》（小說集） 新世界出版社，二〇〇二年
62. 《桃之夭夭》（長篇小說） 南海出版社，二〇〇三年
63. 《王安憶說》（演講訪談集） 湖南文藝出版社，二〇〇三年
64. 《酒徒》（小說集） 江蘇文藝出版社，二〇〇三年
65. 《王安憶文集》（小說集） 長江文藝出版社，二〇〇四年
66. 《王安憶中篇小說選》 上海社會出版社，二〇〇四年
67. 《乘公共汽車旅行》（散文集） 中國福利會出版社，二〇〇四年
68. 《小城之戀》（中篇小說） 中國電影出版社，二〇〇四年
69. 《錦繡谷之戀》（中篇小說） 中國電影出版社，二〇〇四年
70. 《叔叔的故事》（中篇小說） 中國電影出版社 ，二〇〇四年
71. 《遍地梟雄》（長篇小說） 文匯出版社、上海文藝出版社，二〇〇五年
72. 《她從那條路上來》（長篇小說） 茹志鵑著，王安憶編，內蒙古人民出版社，二〇〇五年；上海文藝出版社，二〇〇五年
73. 《稻香樓》（小說集） 春風文藝出版社，二〇〇五年

74.《小說家的十三堂課》（文學理論集） 上海文藝出版社，二〇〇五年

75.《街燈底下》（散文集） 山東畫報出版社，二〇〇五年

繁體字版

1.《雨，沙沙沙》（小說集） 新地出版社，一九八八年

2.《叔叔的故事》（中篇小說） 業強出版社，一九九一年；麥田出版社，二〇〇四年

3.《逐鹿中街》（小說集） 麥田出版社，一九九二年；二〇〇三年二版

4.《香港情與愛》（小說集） 麥田出版社，一九九四年；二〇〇二年二版

5.《紀實與虛構——上海的故事》（長篇小說） 麥田出版社，一九九六年；二〇〇二年精裝版

6.《風月——陳凱歌、王安憶的文學電影劇本》 遠流出版社，一九九六年

7.《長恨歌》（長篇小說） 麥田出版社，一九九六年；二〇〇五年新版

8.《憂傷的年代》（小說集） 麥田出版社，一九九八年

9.《處女蛋》（中篇小說） 麥田出版社，一九九八年

10.《隱居的時代》（小說集） 麥田出版社，一九九九年

11. 《獨語》（散文集） 麥田出版社，二〇〇〇年
12. 《妹頭》（中篇小說） 麥田出版社，二〇〇一年
13. 《富萍》（長篇小說） 麥田出版社，二〇〇一年
14. 《尋找上海》（散文集） 印刻出版社，二〇〇二年
15. 《上種紅菱下種藕》（長篇小說） 一方出版社，二〇〇二年
16. 《剃度》（小說集） 麥田出版社，二〇〇二年
17. 《我讀我看》（散文集） 一方出版社，二〇〇二年
18. 《小說家的13堂課》（原題《心靈世界》，文學理論集） 印刻出版社，二〇〇二年
19. 《米尼》（長篇小說） 印刻出版社，二〇〇三年
20. 《海上繁華夢》（小說集） 印刻出版社，二〇〇三年
21. 《現代生活》（小說集） 一方出版社，二〇〇三年
22. 《閣樓》（小說集） 印刻出版社，二〇〇三年
23. 《流逝》（小說集） 印刻出版社，二〇〇三年
24. 《兒女英雄傳》（中篇小說） 麥田出版社，二〇〇三年
25. 《桃之夭夭》（長篇小說） 印刻出版社，二〇〇四年

26.《王安憶的上海》（散文集） 香港三聯書店，二〇〇四年
27.《遍地梟雄》（長篇小說） 麥田出版社，二〇〇五年
28.《冷土》（小說集） 印刻出版社，二〇〇六年

王安憶作品集 05

INK PUBLISHING

冷土

作　　者　王安憶
總 編 輯　初安民
責任編輯　丁名慶
美術編輯　張薰方
校　　對　余淑宜　丁名慶

發 行 人　張書銘
出　　版　INK印刻出版有限公司
台北縣中和市中正路800號13樓之3
電話：02-22281626
傳真：02-22281598
e-mail:ink.book@msa.hinet.net
法律顧問　林春金律師

總 代 理　成陽出版股份有限公司
業務部／訂書電話：02-22256562　訂書傳真：02-22258783
訂書地址：台北縣中和市中正路800號11樓之2
e-mail：rspubl@sudu.cc
網址：舒讀網http://www.sudu.cc
物流部／電話：03-3589000　傳真：03-3581688
退書地址：桃園市春日路1490號
郵政劃撥　19000691 成陽出版股份有限公司
門市地址　106台北市新生南路三段96-4號1樓
門市電話　02-23631407
印　　刷　海王印刷事業股份有限公司

出版日期　2006年 1 月 初版
ISBN 986-7108-09-4
定價　260元

國家圖書館出版品預行編目資料

冷土／王安憶著.－－初版，－－
臺北縣中和市：INK印刻，2006〔民95〕
面；　公分（王安憶作品集：05）

ISBN 986-7108-09-4（平裝）

857.63

INK INK INK INK INK INK INK
INK INK INK INK INK INK
INK INK INK INK INK INK INK
INK INK INK INK INK INK
INK INK INK INK INK INK INK
INK INK INK INK INK INK
INK INK INK INK INK INK INK
INK INK INK INK INK INK
INK INK INK INK INK INK INK
INK INK INK INK INK INK
INK INK INK INK INK INK INK
INK INK INK INK INK INK
INK INK INK INK INK INK INK
INK INK INK INK INK INK
INK INK INK INK INK INK INK
INK INK INK INK INK INK
INK INK INK INK INK INK INK
INK INK INK INK INK INK
INK INK INK INK INK INK INK
INK INK INK INK INK INK
INK INK INK INK INK INK INK
INK INK INK INK INK INK
INK INK INK INK INK INK INK
INK INK INK INK INK INK
INK INK INK INK INK INK INK
INK INK INK INK INK INK
INK INK INK INK INK INK INK